Miljenko Jergović

FREELANDER

Roman

Aus dem Kroatischen
von Brigitte Döbert

Schöffling & Co.

Der Verlag dankt dem Ministerium der Republik Kroatien
für die freundliche Förderung der Übersetzung dieses Buches.

Deutsche Erstausgabe

Zweite Auflage 2010
© der deutschen Ausgabe:
Schöffling & Co. Verlagsbuchhandlung GmbH,
Frankfurt am Main 2010
Originaltitel: *Freelander*
Copyright © Miljenko Jergović/Actes Sud 2007
Alle Rechte vorbehalten
Satz: Reinhard Amann, Aichstetten
Druck & Bindung: Pustet, Regensburg
ISBN 978-3-89561-393-7

www.schoeffling.de

Freelander

Da sieht man, wie sich alles gegen einen kehrt!«, sagte Professor Karlo Adum, als der Postbote gehen wollte. Der hätte sich nur verabschieden brauchen, mit der Rechten wie ein Fähnrich a. D. an die Schläfe tippen und zum Aufzug drehen müssen, aber der Professor gab sich nicht geschlagen, sondern wiederholte die Formel zum dritten oder vierten Mal: »Da sieht man, wie sich alles gegen einen kehrt!«, und danach konnte der Postbote nicht fortgehen, sondern musste warten, bis die Zeit wieder reif war, bis sich Seufzer und Achselzucken aneinandergereiht hatten, Augenbrauen und Mundwinkel wenigstens drei Mal in die Höhe geschnellt waren, so wie alte Männer ihr Beileid bekunden oder die Neuigkeit von einem Tumor in der Prostata erzählen, der vielleicht keiner ist, die Ärzte haben ja keine Ahnung, trotzdem gehen die Augenbrauen hoch, wenn es ein Tumor ist und wenn der Tumor wächst und wenn es da unten auf- und wieder zugemacht wird, denn dafür gibt es keine Worte, und Worte lassen sich nur vermeiden, indem sich die Augenbrauen heben und senken, und wenn Augenbrauenzucken olympische Disziplin würde, wären unsere Leute Olympiasieger, vor allem die Bewohner der Hochhäuser in Novi Zagreb und unter denen wiederum vor allem die Rentner.

Der Postbote, der Adum seit gut fünfundzwanzig Jahren kannte, weil er seit fünfundzwanzig Jahren die Post in Zapruđe austrug, hatte ihm nie seinen Namen gesagt, und es interessierte Karlo Adum auch nicht. Falls ihm je der Gedanke gekommen sein sollte, dass dieser schnauzbärtige Mann aus dem Dorf Tržić, Vuk Karadžićs Geburtsort, einen Namen haben musste, hätte er es wohl für unanständig gehalten, ihn danach zu fragen. Vor allem nach 1990. Einem aus Tržić konnte die Frage nach seinem Namen nur unangenehm sein. Deswegen blieb der Postbote besser der Postbote, als den er ihn all die Jahre kannte, ihn und Ehefrau Štefa aus Križ sowie die drei Töchter Dubravka, Jadranka und Planinka, die er noch nie gesehen, von denen er aber gehört hatte, und zwar nicht nur vom Postboten, sondern auch von den Nachbarn, denen es nicht passte, dass der Postbote mit Štefa für zwei Monate wegen seiner Knieprobleme zur Kur ging und von einem Alkoholiker vertreten wurde, der jeden Brief falsch einwarf und sich damit herausredete, auf den Briefkästen stünden nicht die Namen der jetzigen Bewohner, sondern von Menschen, die 1968 hier eingezogen waren, manchmal sogar von Menschen, die hier nie gewohnt hatten, aber weil der Postbote auch so wusste, wo wer war, waren die Namen nicht notwendig; den eigenen Namen am Briefkasten empfanden die Leute als Gipfel der Indiskretion. Kehrte der Postbote jedoch nicht aus der Kur zurück, müsste er wegen der Knie in Frührente, dann wäre jeder Bewohner des Hochhauses gezwungen, seinen Nachnamen für alle sichtbar anzubringen. Davor grauste den Leuten. Herr Apostolovski aus dem zweiten Stock, ein pensionierter Arzt, der früher im Militärkrankenhaus gearbeitet hatte, bat auf der Hauptpost um die Adresse des Briefträgers für den Bezirk Zapruđe. Eine Beschwerde? Nein, keinesfalls! Also eine Indiskretion, bekam er zu hören. Lazari, der Taxifahrer, klapperte mit dem Auto auf der Suche nach dem Postboten und seiner Štefa an einem Wochenende sämtliche Kurbäder ab, um dem Mann alle erdenkliche Unterstützung der Bewohner des Hochhauses sowohl in medizinischer wie in jeder anderen Hinsicht anzubieten, auch jedwede finanzielle Unterstützung, damit er nur ja nicht die Erwerbsunfähigkeit beantragte. Natürlich fand er ihn nicht, denn der Postbote war in Bizovačke Toplice, und wie hätte er ihn da finden sollen, wo doch Apostolovski gesagt hatte, Bizovačke Toplice sei nicht für Knieprobleme. Am Ende kehrte der Postbote gesund und wie neugeboren zurück. Alle freuten sich. Auch Karlo Adum und seine Frau Ivanka, obwohl die Beschriftung ihres Briefkastens – Adum-Schwartzer – die tatsächlichen Verhältnisse widerspiegelte und sie nichts zu befürchten hatten, sollte eines Tages ein anderer Briefträger eingesetzt werden.

»Da sieht man, wie sich alles gegen einen kehrt!«, wiederholte Karlo Adum zum vermutlich siebten Mal und ließ den Postboten endlich seines Weges ziehen.

Es war Freitag, in der Hand hielt er ein ungeöffnetes Telegramm, er wird es später auf den Küchentisch legen und sicher nicht vor dem Abendessen öffnen. Die meisten Menschen fürchten sich vor Telegrammen, weil sie sich vor Tod, Krankheit und Unglück fürchten. Eine gesegnete Minderheit freut sich über Telegramme, weil sie Telegramme erwartet, die alle Alltagssorgen fortpusten. Karlo Adum war das Telegramm gleichgültig, und so vergaß er es, tja, das Leben hatte sich eben gegen ihn gekehrt.

Es fing damit an, dass der 31. Dezember 2005, wie ihm schriftlich mitgeteilt wurde, sein letzter Arbeitstag war. Er hätte mit Schuljahresende gehen sollen, aber Karlo nutzte sein gesetzliches Recht, bis zum Ende des Kalenderjahres zu bleiben, in dem er das vierzigste Jahr im Arbeitsleben stand. So hieß das offiziell.

Die letzten vier Monate verbrachte er entweder im Lehrerzimmer oder in der Schulbibliothek und gab keinen Unterricht, und seine Kollegen nahmen ihn schon nicht mehr wahr. Als er sein Fach im Lehrerzimmer ausräumte, stand der Tisch hinter ihm voller Saft- und Coca-Cola-Flaschen, Plastikbechern, einem Teller mit aufgeschnittenem Schinken, der wie ein Chemielabor roch, und ekligem Gummikäse, so bleich wie ein Kindertod. Man stieß auf das neue Jahr an, laut schreiend gingen die Lehrer der Abschlussklassen ein und aus, die Musiklehrerin, Magda Simić, eine alte Jungfer aus Kutina, schüttete sich Heidelbeersaft auf die weiße Bluse und brach vor allen Leuten in Tränen aus, der Rektor tröstete sie und schüttete Salz aus einer Schachtel mit der Aufschrift Soda-Salz Tuzla auf den Fleck, wie der Albaner vor dem Spiel am Sportplatz gekochte Maiskolben salzt und dabei freundlich lächelt, damit ihn die Fans der ortsansässigen Mannschaft nicht verprügeln. Genau so salzte der Rektor die verweinte Lehrerin, Salz zieht alle Flecken heraus, glauben Sie mir, liebe Kollegin, und lächelte sie mit der Ergebenheit des Opfers an. Karlo sah ihn, während er seine Sachen in einen Koffer packte, hin und wieder an und genoss es, dass der Rektor seine Blicke nicht bemerkte. Endlich konnte er sehen, was ihm jahrelang entgangen war, wie der rasende Vorspann japanischer Filme.

Als er sich verabschiedete, erwiderte niemand seinen Gruß. Sie dachten, Kollege Adum würde seine Sachen ins Auto tragen und dann noch einmal hochkommen.

Drei Monate später, Ende März, hatte Ivanka die ersten Schwindelanfälle. Sie verstummte mitten im Satz, griff sich an die Stirn, als hätte sie etwas vergessen. Neben dem Herd stand ein Stuhl bereit, auf den setzte sie sich, wenn ihr, während sie die Polenta rührte, schwarz vor Augen wurde, ganze Galaxien rasten durch dieses Schwarz, ganze Zeitalter und Blumentöpfe mit Stiefmütterchen.

»Das ist die Frühjahrsmüdigkeit«, tröstete sie ihn, der sich Sorgen machte, »das ist bloß die Frühjahrsmüdigkeit.«

Dann ging sie ins Krankenhaus, um sich gründlich untersuchen zu lassen, bekam über Beziehungen einen

Platz im Rebro. Karlo fuhr nach Hause, um ihr ein Nachthemd, Toilettensachen und etwas zum Lesen zu holen – er packte *Doktor Schiwago* ein, den hatte sie zum letzten Mal 1977 in Podaca am Meer gelesen –, aber in der Stadt war viel los, der Verkehr war wegen des Besuchs eines amerikanischen Politikers zusammengebrochen, und er brauchte lange, bis er wieder im Krankenhaus war, volle zwei Stunden, und als er es endlich geschafft hatte, reichte ihm Doktor Sremec die Hand und sagte:

»Es tut mir leid, lieber Professor, Ihre Frau ist von uns gegangen!«,

und in diesem Moment hatte Professor Adum den Eindruck, dass nicht zwei Stunden, sondern mindestens zwei Jahre seit ihrem Abschied verstrichen waren, und fühlte sich schuldig, weil er Ivanka so lange allein gelassen hatte.

Dann war die Beerdigung, Männer mit grauen Anzügen und Krawatten liefen durchs Haus, überwiegend alte Männer, und Frauen mit schwarzen Lacktaschen und grauen Haaren, die bläulich wie das Meer vor Vis schimmerten, ein tiefes Meer voll blinder, hässlicher Fische, und alle umarmten den Witwer, als wollten sie sich von ihm verabschieden, als würde er dem Sarg in die Dunkelheit des Krematoriums nachspringen und sich mit dem lautlosen Aufzug ins Feuer begeben. In den Tagen danach riefen sie an, fragten nach seinem Befinden, luden ihn zum Mittagessen ein, es war die Jahreszeit, in der man gern kräftige Rinderbrühe kocht, aber er schützte unaufschiebbare Termine oder eine Reise nach Split vor, bis die Einladungen seltener wurden, das Telefon tagelang nicht klingelte, er ging zum Supermarkt Brot kaufen und keinen Schritt weiter, und eines Tages hatten ihn alle vergessen. Auch für die Nachbarn auf derselben Etage wurde er unsichtbar. Er lief an ihnen vorbei wie der Schatten des Maurers, der bei dem Bau des Hochhauses tödlich verunglückt war. Nur der Postbote war ihm geblieben.

»Du bist aus Vuks Heimat, du kannst dir sicher vorstellen, was das heißt, wenn sich das Leben verkehrt«, er drückte ihm die Hand, und der Postbote lachte und erwiderte etwas und beides so laut, dass es durchs Treppenhaus hallte und die Lider hinter den Spionen zusammenzuckten.

Karlo Adum, pensionierter Gymnasiallehrer für Geschichte, lag auf dem Sofa und las Zeitung. Der Ton am Fernseher war abgedreht, der amerikanische Präsident bewegte stumm die Lippen, der Fernfahrer lag auf dem Lenkrad, während Blut über sein Gesicht floss, durch die zerschossene Scheibe sah man Wüste und eine palästinensische Fahne, über Kroatien wechselten sich Sonne und weiße Schäfchenwolken ab, neben Kroatien gähnte ein dunkler, gesichtsloser Abgrund in Form von Bosnien, über dem es weder Sonne noch Wolken gab, die Spieler von Dinamo Zagreb fielen sich gegenseitig um den Hals, die Skiläuferin Janica Kostelić hatte ein Kinn wie der Boxer im Trickfilm, Frauen aus Šestine ließen in einem Werbefilm aus der Zeit vor dem Zweiten Weltkrieg Regenschirme kreisen, und im Abspann drehte sich, anders als früher, als Karlo noch jung war, kein Globus.

Bald sah er zum Bildschirm, bald in die Zeitung, während sich draußen zwischen den Hochhäusern von Novi Zagreb die Dunkelheit herabsenkte und langsam die Turopolje-Ebene verschlang.

Er schloss die Augen, hörte die Autos, die Richtung Stadt fuhren, wo in Kürze das Nachtleben beginnen würde, die Straßenbahnen, die über die Brücke rumpelten, weit entfernt krachten Schüsse und Gewehrsalven, die auf einen neuerlichen, wie auch immer gearteten, aber jedenfalls großen kroatischen Sieg hindeuteten. Wo wird denn freitags gespielt?, dachte Professor Adum, und dann überlegte er, ob es überhaupt Freitag war oder nicht doch schon Samstag, der Fußballtag – die Demokratie unterschied sich in erster Linie dadurch vom Sozialismus, dass die Spiele der Fußballliga samstags und nicht mehr sonntags stattfanden –, nur um dann an das Telegramm zu denken, das er nicht aufgemacht, sondern in die Küche gelegt hatte, aber er war sich nicht mehr sicher, ob der Postbote wirklich ein Telegramm gebracht hatte oder er sich das nur einbildete, dann döste er wieder ein, und sicher geisterte das Telegramm durch seine Träume, bis es ihm gänzlich entfiel.

Professor Adum merkte sich Träume nicht. Und was er sich nicht merkte, das gab es nicht. So war er wie die meisten Menschen mit ähnlich gelagerten Problemen davon überzeugt, dass er nicht träumte, wenn er sich schon an keinen Traum erinnern konnte.

Gegen halb drei wachte er auf.

Er stand über der Kloschüssel und wartete auf den Strahl, zog ab und ging in die Küche, um ein Glas Wasser zu trinken, wartete, bis der Spülkasten voll war und wieder Stille herrschte, so dass er auf die nächtlichen Geräusche im Hochhaus lauschen konnte, das Schnarchen, das Dauerweinen eines Kindes, den Lift auf dem Weg nach oben oder unten, das Wasser in den Leitungen, Stimmen im Treppenhaus und wieder Stille, die nicht lange anhielt, weil irgendwo eine Klospülung betätigt wurde. Nachts rauschten ganze Niagarafälle durchs Hochhaus. Er horchte und dachte an die Menschen, die in diesem Moment irgendwo ins Wasser sprangen, in einen Fluss oder einen See oder ins Meer, Gott, wie viele mögen es sein, dort, wo es Tag ist, und dort, wo es Nacht ist, ertränken sich Menschen, und er hörte seelenruhig dem Wasser zu, das durch die Fallrohre fließt oder gefangen in den Windungen der Heizkörper gluckert.

Adum schaltete nicht das Licht ein, sondern saß im Dunkeln, legte die Arme um die Knie und lauschte. Er wartete darauf, dass gegen vier die Wecker rasselten. Die weckten Frauen, die ihren Männern die ersten morgendlichen Antibiotika verabreichten, dann die Herzmittel und all die Medikamente, die den Menschen ein langes Sterben ermöglichen. So dachte Professor Adum darüber. Und so hatte er im Lehrerzimmer geredet, denn solche Dummheiten mochte Ivanka nicht hören, bis es eben so gekommen war, dass er keinem mehr etwas erzählen konnte.

Gegen elf klingelte der Postbote. Er öffnete und wollte die Post in Empfang nehmen. Aber der Postbote kam mit leeren Händen.

»Ist was Schlimmes passiert?«

»Keine Ahnung ... wo denn?«

»Na, bei Ihnen.«

»Nein, Gott bewahre, wie kommen Sie darauf?«

»Ich dachte nur ...«

»Kommen Sie doch herein, wollen Sie einen Schnaps? Sie sind ganz blass, schwerer Tag.«

»Nein, ich wollte nur sehen, ob mit Ihnen alles in Ordnung ist.«

»Aber warum soll denn nicht alles in Ordnung sein?«

»Wegen dem Telegramm, dachte ich ... Ob Sie was brauchen.«

»Ach, gut dass Sie mich daran erinnern, das habe ich noch gar nicht aufgemacht.«

Postbote und Professor saßen auf dem Balkon, der Postbote trank Schnaps, kroatischen Kräuterschnaps, Travarica, der noch vom verstorbenen Dominis stammte, dem Kroatisch- und Literaturlehrer, der mit der Pensionierung nach Jelsa gezogen war und dort Jahr für Jahr Schnaps gebrannt und mit Heilkräutern eingelagert hatte, bis man ihn eines Tages tot auffand. Er war wie Ivanka zwischen Galaxien, Zeitaltern und Stiefmütterchen gestorben. Der Postbote trank schon im zehnten Jahr Dominis' Travarica, wann immer ihn Professor Adum auf ein Gläschen einlud, und bekam zu Weihnachten und Ostern je eine Flasche geschenkt, und trotzdem waren die Vorräte noch nicht einmal zur Hälfte aufgebraucht, so viel Schnaps hatte der Verstorbene auf Vorrat gebrannt.

Der Professor hielt das Telegramm und wunderte sich:

»Tadija Melkior Adum, ja, stimmt, das war mein Onkel, und ob dieser Teufel mein Onkel war, der ältere Bruder meines verstorbenen Vaters, Ilija Baltazar Adum, aber wissen Sie, ich bin sechsundsechzig, ich bin ein alter Mann, meinen Vater hat Gott mit nicht einmal zweiundfünfzig zu sich gerufen, und ich soll glauben, dass sein älterer Bruder jetzt erst gestorben ist? Er war fünf Jahre älter! Wenn ich richtig rechne, wäre mein Vater jetzt siebenundneunzig, das heißt, Tadija wäre hundertzwei geworden. Sie können sagen, was Sie wollen, da hat sich doch jemand einen üblen Scherz erlaubt. Oder jemand will mich hereinlegen. Die Zeiten sind so, Menschen sind zu allem fähig. Man kann nicht vorsichtig genug sein, mein Lieber!«

»Wann haben Sie ihn zum letzten Mal gesehen?«, fragte der Postbote.

»Das ist das nächste Problem. Ich habe ihn nie kennen gelernt. Die beiden zerstritten sich kurz nach meiner Geburt, da war ich vielleicht ein halbes Jahr alt. Das war mehr als ein Streit, da ist Blut geflossen, die haben im Treppenhaus mit Pistolen und Äxten rumgefuchtelt und mein Vater hat dabei den Daumen der rechten Hand verloren. Können Sie sich das vorstellen, wenn der Daumen weg ist? Das ist wie wenn Sie keine Hand mehr haben, nur ein bisschen schlimmer, weil Sie die vier Finger ständig daran erinnern, dass Sie mit denen nichts mehr anfangen können. Mein Vater hat so lange mit den Fingernägeln über die Küchenwand gekratzt, bis sie geblutet haben. Der fehlende Daumen hat ihn letztlich umgebracht. Wie ein Hund ist er verreckt, nur weil er nicht wusste, was er mit seinen Fingern anfangen soll. Er hätte bestimmt noch zwanzig, dreißig Jahre gelebt, wenn ihm der Bruder auch die Finger abgehackt hätte.«

»Worüber haben sich die beiden gestritten?«

»Ich weiß es nicht, darüber wurde zu Hause nicht geredet.«

»Hat er den Bruder manchmal erwähnt?«

»Ja, natürlich. Er erzählte, wie sie sich während des Ersten Weltkriegs in dem schlimmen Winter 1915, als ihnen das Holz ausging und der Großvater in Galizien kämpfte, unter der Bettdecke warmgehalten haben. Sie stellten ihre Fußsohlen aneinander und strampelten dann mit den Beinen, als würden sie Fahrrad fahren. Sie radelten nach Amerika, nur sie beide, aber sie kamen nie an, weil sie immer vorher einschliefen. Viele Kinder sind in diesem Winter im Schlaf erfroren, aber die beiden hat das Fahrradfahren gerettet, nicht so sehr Federbett und Steppdecke. Als ihnen die Mutter, also meine Großmutter Anka, erklärte, dass man nicht mit dem Fahrrad nach Amerika fahren kann, sind beide krank geworden, sie haben Diphtherie und Keuchhusten bekommen und nur knapp überlebt. Zum Glück kam dann bald das Frühjahr. Das hat mein Vater über Onkel Tadija erzählt. Auch in seinen anderen Geschichten war Tadija noch ein Kind, der geliebte große Bruder, der ihn beschützte und mit nach Amerika nahm.«

»Und er hat nicht erzählt, was später vorgefallen ist?«

»Nein, nie.«

»Seltsam, dass er nicht von dem Erwachsenen geredet hat.«

»Geredet hat er von ihm, ihn aber eigentlich immer nur verflucht. Die Augen sollen ihm herausfallen, soll er doch statt Finger lauter Daumen haben, die Nägel sollen ihm in die Zunge und in das Ding zwischen den Beinen wachsen ... So ein Zeug hat er erzählt, während er mit den Fingernägeln die Wand bearbeitete. Dem Ärmsten fielen noch nicht einmal gute Flüche ein, er redete zusammenhangloses, dummes Zeug, vor dem sich kein Kind gefürchtet hätte. Aber er hat gekratzt, er hat gekratzt, bis die Nägel an der nutzlosen rechten Hand nicht mehr nachwuchsen. Es hat Jahre gedauert, bis ich begriff, wen er da verflucht hat. Er vermischte die Kindergeschichten von seinem älteren Bruder nie mit dem erwachsenen Tadija Adum. Und wenn er von Tadija, dem Teufel, erzählte, dachte er nie an den Bruder.«

»Hat sich der Onkel je nach Ihnen erkundigt?«

»Soviel ich weiß, nicht. Wenn doch, hat es mir meine

Mutter nicht erzählt. Sie ist vor fünf Jahren gestorben, und bis dahin hat sie ihn insgesamt vielleicht zwei-, dreimal erwähnt. Und zwar nur, wenn ich sie zufällig während der Abendnachrichten im Altenheim besuchte und da Bilder vom belagerten Sarajevo gezeigt wurden, dann sagte sie: Jetzt kriegt der alte Teufel, was er verdient hat, es gibt einen Gott! Dann bekreuzigte sie sich, und das versetzte mir einen Schlag. Im Fernsehen sieht man, wie in den Straßen einer Stadt Blut fließt, und sie preist Gott dafür. Einfach war das nicht.«

»Bestimmt nicht!«, bestätigte der Postbote und genehmigte sich noch einen Travarica.

So saßen sie auf dem Balkon, es war Mittag vorbei, aber die Sonne brannte nicht mehr, es war Ende August und die Jahreszeit zwischen Sommer und Herbst brach an, in der sich der Mensch am wohlsten fühlt. Schließlich sah der Postbote auf die Uhr, stand auf und ging mit jenem Stöhnen zur Tür, das auch als Verabschiedung durchgeht, und Professor Adum rutschte tiefer in den Liegestuhl und hielt das Gesicht in die Sonne. Er hätte bis zum Abend so liegen können und weder gefroren noch geschwitzt. Man hörte das Geschrei vom Schulhof, ein paar Jungs spielten Fußball, einer brüllte: »Sascha, Sascha, ach fick dich, Sascha«, wie in einem Film über Illegale, in dem man bis zum Schluss nicht weiß, ob Sascha nun ein Mann oder eine Frau ist. Vom Markt in Utrina drang der Geruch von Čevapčići und Benzin herauf, und irgendwo röhrte ein Lkw, der sich in einer Gasse verkeilt hatte und nicht wenden konnte, und das beunruhigte den Professor, denn er hatte seinen alten Volvo vor dem Markt geparkt, und dort wendeten die Lkws häufig.

Er stand auf und sah hinunter. Vom sechzehnten Stock aus sollte man alles sehen, aber er konnte nicht orten, aus welcher Richtung das Motorengeräusch kam; der Lkw war von Bäumen verdeckt.

Er zog Schuhe an, warf einen Blick in den Spiegel, strich über den Schnauzer und ging hinaus. Es dauerte, bis der Aufzug kam, auch darüber regte er sich ein wenig auf. Vor dem Haus klaubten Kinder leere Flaschen auf.

»Onkelchen, Onkelchen!«, rief ein Junge hinter ihm her. Der Professor drehte sich um, die Kinder lachten und zeigten mit dem Finger aufeinander: »Der war's, der war's!« Mindestens ein Dutzend Kinder, vielleicht mehr, als wären sie klassenweise zur Reinigungsaktion ausgerückt. Er sah zu ihnen hin, wollte sagen, sie sollten sich schämen, brachte aber nichts heraus. Er gähnte wie ein Karpfen in der Fischabteilung beim Filetieren, und dann rutschte ihm heraus:

»Ihr scheißungezogenen Bengel!«

Er erschrak über seine eigene Stimme – hoffentlich hatte ihn keiner der Nachbarn gehört –, drehte sich um und wechselte die Straßenseite. Die Kinder lachten in seinem Rücken. Waren da nur Jungs oder waren es Mädchen oder beides? Komisch, dass ihm in letzter Zeit solche Sachen entgingen.

Der Volvo stand so da, wie er ihn vorgestern bei der Rückkehr aus der Stadt abgestellt hatte. Orangefarben,

›21‹

Originallackierung, Baujahr 1975, unfallfrei, erster Halter ... Vor einem Jahr hatte er versucht, ihn zu verkaufen, aber als ihm so ein Schnösel zweihundert Euro dafür anbot, nahm er davon Abstand und meldete sich nicht mehr auf Anzeigen. Er wollte mindestens drei- bis viertausend für den Wagen bekommen. Es war ein gutes Auto, zuverlässig, es ließ einen nie im Stich. All die Jahre hatte er ihn gepflegt, zweimal pro Jahr große Inspektion machen lassen, regelmäßig den Ölstand geprüft, war immer nur auf asphaltierten Straßen gefahren und nie schneller als hundertdreißig ... Der Volvo schaffte durchaus hundertsechzig, hundertsieb- zig, aber der Professor glaubte fest, dass ein Auto wie ein gutes Pferd war, das im lockeren Trab die halbe Welt umrundet, das man aber nur in Todesgefahr oder wenn die eigene Frau in den Wehen liegt im Galopp reiten darf. Der Professor hatte sich nie in Todesgefahr befun- den und Frau Ivanka, Gott sei ihrer Seele gnädig, konnte keine Kinder haben, und so war der Volvo nie schneller als hundertdreißig gefahren, er hatte ihn nur im Trab geritten und dreißig Jahre und manches Jahr darüber erhalten. Jetzt aber standen sich Halter und Auto gegen- über, beide alt und müde, an dem einen zerrte bereits die Schwerkraft des Grabs, während das andere angeb- lich nur noch zweihundert Euro wert war, kaum so viel wie die beiden Tankfüllungen, die er 1975 nach Stock- holm benötigt hatte, dem Venedig des Nordens, wohin der Professor und Frau Ivanka auf Einladung von Tante Silva gefahren waren, der Witwe des Feldmarschalls

Pozaić, dessen Namen man in Briefen nicht erwähnen durfte, weil er auf dem Bild einer Militärparade zu sehen war, wie er Pavelić auf einem Schimmel mit gezücktem Säbel im Namen des früheren kroatischen Oberkommandos der Truppen an Isonzo und Piave Meldung erstattet, pensionierter österreichisch-ungarischer Offiziere, siebzig-, achtzigjähriger Greise, denen der Poglavnik mit der Umbenennung in Reserveverband des kroatischen Heeres oder wie das damals hieß eine Ehre erwies, und auch wenn sich der alte Pozaić während des Bestehens des unglückseligen Staates nie wieder in einer Uniform oder in der Nähe der Ustascha blicken ließ, packte Tante Silva wegen dieser einen, auf der Titelseite der *Spremnost* veröffentlichten Fotografie beim Anmarsch der Partisanen solche Furcht, dass sie den Greis bis nach Schweden und Stockholm ins Exil trieb, wo der Feldmarschall in den sechziger Jahren mit hundert Jahren starb, woraufhin Tante Silva Heimweh nach Zagreb bekam, sich aber nicht zurücktraute, obwohl sie niemandem etwas getan hatte, sondern lieber die Neffen und Nichten, die es Gottseidank gab, nach Stockholm einlud und in ihrer großen, hellen Wohnung direkt an einem Kanal unterbrachte, auf dem Enten, Schwäne und andere Wasservögel schwammen und ins Fenster schauten, als wollten sie sich vergewissern, dass dort Gäste aus dem fernen Süden weilten.

Er stand vor dem Markt, betrachtete den Volvo und fand es unfassbar, dass der gerade mal so viel wert sein sollte wie das Benzin bis Stockholm. Wesentlich teurere

Autos, die derzeit durch Zagreb fuhren, würden es nicht bis Stockholm schaffen, etliche würden auf halbem Weg liegen bleiben, irgendwo mitten in Deutschland auf der Autobahn auseinanderfallen, aber der Volvo, der nachweislich bis zum Nordpol fahren würde, war praktisch wertlos. Nur ein altes Auto ist noch weniger wert als ein alter Mensch. So ist das halt. Schade, dass das keiner in einem Zeitungsartikel oder besser noch in einem Buch aufschreibt, dachte der Professor, denn dieser Satz bliebe als nackte Wahrheit haften, eine von vielleicht zehn oder fünfzehn nackten Wahrheiten im Leben.

Er war dem Volvo wie einem letzten Freund verbunden, wollte ihn aber trotzdem los sein, weil ihn das Auto an etwas erinnerte, das ihm Angst einjagte und von dem er nicht sagen konnte, was es war. 1975, als er zum Entsetzen des ganzen Lehrerzimmers einen nagelneuen Volvo gekauft hatte, wie ihn weder der Mittelstürmer von Dinamo Zagreb noch der Bildhauer fuhr, der Titos Denkmäler baute, war Karlo Adum vierunddreißig Jahre alt gewesen. Für das Geld hätte man damals ein Haus in Šestine oder zwei Wochenendhäuschen auf Hvar bekommen, aber das war ihm egal, er war jung, und solange man jung ist, muss man sich seine Wünsche erfüllen, und er hatte sich diesen Volvo gewünscht. Mit dem Alter kommen andere Autos, billiger in der Anschaffung und im Verbrauch, Hauptsache, man ist gesund und der Kopf sitzt auf den Schultern, Karlo wird noch dies und das fahren, bei dem Anfang, die Menschen werden sich auf dem Mond ansiedeln und Mondautos fahren …

Es wäre ihm nie in den Sinn gekommen, mit dem Volvo alt zu werden und darin alles zu beerdigen, was ihm wichtig war. Doch genau das hatte der Professor getan: In dem Volvo hatte er seine Mutter und den Bruder der Mutter und Ivanka beerdigt. Er hatte die fixe Idee, sinnlos wie jede fixe Idee, aber trotzdem konnte er sich ihrer nicht erwehren, dass sein Leben wieder einen Sinn bekäme, wenn er den Volvo losschlagen und ein neues Auto kaufen könnte. Es wäre ein Zeichen, dass sein Leben nicht mit vierunddreißig aufgehört hatte.

Faktisch jammerte der Professor über etwas, worüber sich jeder andere gefreut hätte.

»Oho, dreißig Jahre lang ein Auto fahren, das nicht kaputtgeht! Hat Gott denn ganz die armen Kfz-Mechaniker vergessen?«, hatte der Postbote laut lachend gesagt, als der Professor von dem neuen Auto und den metaphysischen Defiziten des alten erzählte.

Bis tief in die Nacht saß Karlo Adum in der Küche und las das Telegramm. Wenn er am Ende ankam, kehrte er an den Anfang zurück und analysierte den Text, den er bereits auswendig kannte, Wort für Wort, einschließlich des Namens des Unterzeichnenden: Dr. Jozo Sunarić, Advokat. Vielleicht war es eine Falle. Es hatte einen Jozo Sunarić gegeben, der war 1918, als das erste Jugoslawien gegründet wurde, zu dem März-Treffen von Politikern aus allen südslawischen Ländern der österreichisch-ungarischen Monarchie nach

Zagreb gekommen. Der war auch Rechtsanwalt gewesen und in Sarajevo geboren. Zweiunddreißig Jahre später, als der zweite Staat gegründet wurde, hatte ihn Pavelić zu seinem Stellvertreter ernannt, nach drei Monaten aber wieder abgesetzt, und seither hatte man von Sunarić nichts mehr gehört. War es möglich, dass heute noch ein Advokat mit demselben Vor- und Zunamen in Sarajevo lebte? Und wenn nicht: Was wollte jemand ihm, dem Geschichtslehrer, mit dieser Unterschrift sagen?

Er telefonierte ab dem frühen Morgen. Zuerst rief er die Auskunft an, nach langem Klingeln meldete sich eine Frauenstimme, unfreundlich wie der Sozialismus und mit starkem bosnischen Akzent. Er fragte, welche Tageszeitungen in Sarajevo herauskämen, ob es die *Oslobođenje* noch gebe? Kalt entgegnete sie, die *Oslobođenje* erscheine täglich, und zählte drei weitere Blätter auf, der Professor verstand die Namen nicht, wagte aber nicht nachzufragen. Er sagte Danke und Doviđenja, worauf sie mit Prijatno antwortete, wie die Kellnerin, die Mitte der fünfziger Jahre in Busovača Ražnjići mit Zwiebeln vor ihn hingestellt hatte.

Er rief bei der *Oslobođenje* an und fragte, ob in Sarajevo vor neunzehn Tagen ein Tadija Melkior Adum beerdigt worden sei. Die Männerstimme am anderen Ende der Leitung lachte kurz auf.

»Bitteschön, woher soll ich das denn wissen?«

»Sie könnten im Archiv nachsehen.«

»Welches Archiv, hier ist nicht die Leichenhalle.«

Der Professor legte auf, rief wieder die Auskunft an und verlangte die Nummer der Leichenhalle.

»Es gibt keinen Nutzer dieses Namens«, lautete die Antwort, und bevor er eine weitere Frage stellen konnte, hatte die Gegenseite aufgelegt.

Nachdem er die kroatische Botschaft, die katholische Hochschule und das Kloster des Heiligen Antonius angerufen hatte, meldete sich bei Pokop, einem Unternehmen, das sich offensichtlich mit der Beerdigung der Katholiken Sarajevos befasste, wieder eine Frauenstimme, ebenso kalt, aber im Unterschied zu der vorhergehenden spickte sie ihre Sätze mit den typisch kroatischen Wörtern, die überall auf der Welt und also auch in Sarajevo Menschen verwenden, die warum auch immer während des Sprechens ständig daran denken, dass sie Kroatisch und nur Kroatisch sprechen.

»Wir sind gehalten, Informationen dieser Art nur engen Anverwandten weiterzugeben, aber Sie sagten, Sie seien das Bruderkind, also der Neffe, also gut, wahrscheinlich sagen Sie die Wahrheit, Ihr Oheim wurde auf dem Friedhof Vlakovo am zehnten Erntemonat bestattet ...«, sagte die Stimme und sprach das Wort Erntemonat mit einer befremdlichen Befriedigung aus, als sei es ein Genuss, sich die Zunge an einer Brennnessel zu verbrennen.

Der Professor zog sich gegen halb elf an und begab sich ins Erdgeschoss, damit er den Postboten auf keinen Fall verpasste. Er wartete, neben die Eingangstür gekauert, und streichelte eine zahme graue Katze, die bereits seit einigen Tagen um das Hochhaus herumschlich. Sie gehörte jemandem, fand aber wohl den Rückweg nicht, oder sie war mit dem Auto aus einem anderen Stadtteil hergebracht und ausgesetzt worden. Aber sie wirkte ganz entspannt, kniff die Augen zusammen, hob den Kopf unter Karlos Fingern, die sie am Hals berührten, würdevoll und selbstsicher, als wisse sie genau, wo sie hingehörte, und sehe sich ein wenig in der Welt um. Das ist der Unterschied zwischen Katzen und Hunden oder zwischen Katzen und Menschen: Sie machen sich keine Sorgen, wenn sie verlassen werden oder sich in einer fremden Welt zurechtfinden müssen.

Der Professor freute sich, die Katze wiederzusehen. Irgendwann wird sie umgebracht werden, jemand wird mit dem Fuß nach ihr treten und ihr das Rückgrat brechen, oder sie gerät unter ein Auto, und dann wird Karlo Adum Gewissensbisse haben. Er bereitete sich auf dieses Gefühl vor.

Der Postbote kam gegen elf.

»Kommen Sie bei mir vorbei, wenn Sie Zeit haben.«

»Ich muss den Meštrović-Platz und die Baburičina mitmachen, das wird dauern.«

»Kein Problem, ich warte auf Sie.«

»Ich könnte morgen kommen, da habe ich meinen freien Tag.«

»Besser heute, kommen Sie lieber heute«, der Professor staunte über seine eigenen Worte. So etwas hätte er früher nie gewagt, und jetzt rutschte es ihm einfach so heraus.

»Entschuldigung, Sie müssen natürlich nicht. Kommen Sie nur, wenn Sie es schaffen. Im Übrigen muss ich vielleicht noch einmal in die Stadt, da …«

»Ich komme auf jeden Fall«, der Postbote unterbrach ihn. Die Klappen der Briefkästen mit falschen Namen und den Namen bereits verstorbener Personen schepperten. An diesem Tag kamen die Rechnungen für Wasser und die Müllabfuhr.

Mittag war längst vorbei, als sie einander auf Campinghockern auf dem Balkon gegenübersaßen, als wollten sie ein Streitgespräch anfangen. Der Professor schenkte Travarica in zwei Kristallgläschen, was wird das, eine Feier?, fragte der Postbote, der an normale Gläser gewöhnt war, die Adum für dieses Mal gegen diese kleinen, vor langer Zeit in Florenz gekauften eintauschte, wohin er ebenfalls mit dem Volvo gefahren war, Frau Ivanka konnte nicht mit, weil sie zur goldenen Hochzeit von Tante Flora und Uncle Simon nach Wien musste, und deswegen hatte er ihr in Florenz einen Hut gekauft, wie ihn Anna Magnani trug, und diese Schnapsgläschen, in die so viele Tränen passten, wie man beim Schneiden einer Zwiebel weint, hatte Ivanka gesagt. Zu Weihnachten, Ostern und am Tag der Republik holte er sie statt der normalen Gläser heraus, in die viel mehr geht, woraus der Postbote schloss, dass der Professor fastete, dann spürt man nicht, wenn man etwas getrunken hat, man hat nur den Eindruck, an zwei, drei dalmatinischen Kräutern gerochen zu haben, und schon biegt sich eine Zypresse im Wind über dem Grab.

»Ich habe beschlossen zu fahren. Was immer an der Sache dran ist, ich muss fahren«, sagte der Professor.

»Richtig so. Selbst wenn es nichts zu erben gibt, obwohl es bestimmt was zu erben gibt, wer würde sich so einen Scherz erlauben, in Sarajevo kennt Sie sonst niemand, wer hätte die Adresse gewusst, vielleicht ist Ihnen Ihr Onkel noch nützlich.«

»Den Teufel soll man um nichts bitten.«

»Da sitzen Sie, ein gebildeter Mann und Geschichtslehrer, und reden hier wie eine alte Oma aus Karadžićs Tržić.«

»Ich wollte Sie aber um etwas bitten«, flüsterte der Professor. »Haben Sie vielleicht eine Pistole?«

Der Postbote zuckte zusammen und hustete. Er wollte sagen, nein, hätte er nicht, aber so, dass es für ihn selbst und für alle, die eventuell und gegebenenfalls über amerikanische Satelliten zuhörten, ganz eindeutig war, dass er keine Pistole besaß und weder 1991 noch in den Jahren danach eine besessen hatte, auch keine andere Schusswaffe, weder eine Flinte noch ein Scharfschützengewehr, den Kopf hätte er verloren, wenn jemand auch nur gedacht hätte, einer aus Tržić, aus dem Geburtsort von Vuk Karadžić in Serbien, könnte eine Waffe besitzen. Selbst nach fünfzehn Jahren war die bloße Frage eine Drohung.

»Nein, was soll ein Postbote mit einer Pistole«, lachte er laut, damit es über die amerikanischen Satelliten zu hören war.

»Können Sie eine besorgen?«

»Natürlich, in der Post. Wer mehr als fünf Grußkarten kauft, bekommt eine gratis. Außerdem brauchen Sie einen Waffenschein.«

»Auf den Waffenschein muss man warten, und ich brauche die Pistole morgen.«

»Wofür?«

»Stellen Sie sich nicht dumm.«

Der Postbote verlor die Lust, sah in sein leeres Glas und hoffte, dass er bald gehen konnte.

»Es ist mir halt wichtig, und an wen soll ich mich denn sonst wenden, wenn nicht an Sie«, sagte der Professor.

Der Postbote schwieg, aber es war ihm nicht gleichgültig, es wäre niemandem gleichgültig, wenn sich ihm einer anvertraut, weil er sonst niemanden hat.

Um acht Uhr abends hatte der Professor eine Pistole. Eine Crvena Zastava, Baujahr 1966, gut erhalten und geölt. Gebracht hatte sie ein großer, schlanker Mann mit grauem Haar und einem dichten schwarzen Schnurrbart, der sich als Domagoj vorgestellt hatte. Wie viel bin ich schuldig?, fragte der Professor. Mir nichts, antwortete der Mann, drehte sich um und ging zum Lift. Aber ich bitte Sie!, rief er hinter ihm her, während er die Pistole in der Hand hielt. Tu das Ding weg!, zischte der Mann, und der Professor floh grußlos in die Wohnung. Hoffentlich hatte ihn niemand gesehen.

Er packte Sachen in Ivankas Lederkoffer. Zwei Anzüge, sämtliche weißen Hemden, die er besaß, ein Dutzend Krawatten, die Schuhe fürs Theater. Wenn sie ihn an der Grenze durchsuchen würden, würde er sich mit so vielen Krawatten nicht verdächtig machen. Nicht einmal im Iran, dachte er, würden sie einen Alten filzen, der mit zehn Krawatten unterwegs ist, und auf jeder Krawatte ist ein Zeichen: Universiade 1987, Leichtathletik-Meisterschaften Split 1990, Kroatische Telekom, Rade Končar, Kroatische Streitkräfte ... Die legte er wieder in den Schrank. Wer in seinem Alter mit einer Krawatte der Kroatischen Streitkräfte reist, macht sich verdächtig. Er packte noch einen Berg Socken ein, zwei Handtücher – er mochte Hotelhandtücher nicht, wer weiß, ob sie ordentlich gewaschen waren –, Toilettensachen und ganz zum Schluss noch für alle Fälle einen dicken Pullover.

Die Pistole schob er unters Bett, neben den Reisepass und die Schuhe, und legte sich hin.

Professor Karlo Adum war überrascht, denn er träumte. Seit seiner Jugend hatte er nicht mehr geträumt. Oder seit seiner Kindheit. Er wunderte sich in seinem Traum darüber, während er durch die verlassenen Straßen einer Stadt schlenderte, durch die er im wachen Zustand nie gegangen war. Wie in einem Schwarzweißfilm glichen die Fassaden Pappkulissen, alle Fenster waren blind. Beim Teufel, schrie der Professor in seinem Traum, die hätten doch anständige Fenster machen können, wenn sie schon Häuser aus Pappe bauen. Und dann schlug er die Faust mit aller Kraft an die Wand, um zu zeigen, wie unsolide das alles war.

Er tat sich furchtbar weh, hatte das Gefühl, sich jeden

einzelnen Knochen der Hand gebrochen zu haben, aber er wachte nicht auf. Es tat ihm im Schlaf weh, er wäre gern aufgewacht, aber der Wunsch erfüllte sich nicht.

»Für wen wurden diese Häuser mit blinden Fenstern gebaut?«, fragte der Professor.

»Für Menschen, mein Sohn, wie alle Häuser«, antwortete eine Stimme.

Im ersten Moment erkannte er sie nicht. Er stand mitten auf der Straße, vergaß die Schmerzen und erinnerte sich plötzlich.

»Wo bist du?«, fragte er.

»Aber mein Sohn, wo bin ich, mich gibt's doch nicht. Ist dir nicht ganz wohl, tun dir die Finger weh?« Die Stimme klang besorgt.

»Wohnt hier jemand?«

»Natürlich, mein Sohn, viele Leute sind da, wie die Ölsardinen, die Häuser sind gestopft voll.«

»Wo sind sie?«

»Die sind da, siehst du sie nicht?« Wieder klang die Stimme besorgt.

Der Professor wusste nicht weiter und legte ein Ohr an eine Hauswand. Tatsächlich hörte er Stimmen, Kindergeschrei, den Streit zwischen einer Frau und einem Mann, Wasserrauschen in der Toilette, das Gluckern in den Heizkörpern, den Postboten, der Frau Naumovski etwas zuruft: Ihre Schwester aus Kičevo hat sich gemeldet, was sagt sie, gibt es viel Paprika, kocht sie Ajvar?

»Wie halten die es da drin ohne Fenster aus?«, fragte er, aber die Stimme antwortete nicht mehr, er hörte nur den Widerhall einer leeren, weiten Welt, einer Stadt, in der niemand wohnte, von Wiesen und Wäldern, die an die Vororte grenzten, und vom Meer, das sich irgendwo in weiter Ferne zu einem Ozean ohne ein einziges Segelboot dehnte, denn es gab keine segelnden Menschen.

Dann hörte man Pferdehufe klappern, es klang wie der Fleischhammer auf dem Küchenbrett, und dazu ein schriller, hoher Ton, ganz fürchterlich, so fürchterlich, dachte der Professor, dass er einen Lebenden aus dem Schlaf reißen würde.

Die Kutsche kam näher. Zwei Pferde, das eine weiß, das andere schwarz, zogen einen schwarz lackierten Leichenwagen, die Achse war gebrochen, das Rad musste jeden Moment brechen und quietschte.

Die Pferde blieben vor dem Professor stehen, er streichelte die Flanke des Schimmels und lugte unter den schwarzen Samt. Auf dem schwarzen Sarg schimmerte ein silbernes Kreuz mit einem silbernen Jesus, der so genau gearbeitet war, dass man die Falten um Augen und Mund sehen konnte. Christus lachte den Professor aus.

Du liebe Zeit, dachte er, machen die wirklich etwas aus echtem Silber, was dann im Grab verrottet? Und das in einer Welt, in der niemand mehr lebt …

Mit den Fingernägeln kratzte er an dem Kreuz mit dem Christus, versuchte, es vom Sargdeckel zu reißen, da glitt der Deckel vom Sarg, und Professor Karlo Adum stand dem Verstorbenen von Angesicht zu Angesicht gegenüber. In dem guten schwarzen Anzug, den er 1987 bei Nama an dem Tag auf Kredit gekauft hatte, an dem er die Rede zum Jahrestag von Titos Aufstieg an die Parteispitze halten sollte, einem ordentlich gebügelten weißen Hemd und der schwarzen Krawatte mit dem schwarz eingestickten Meštrović-Denkmal für Mutter Kroatien, die ihm Ivanka im Sommer 1971 an dem Tag aus der Stadt mitgebracht hatte, an dem Savka Dabćenić-Kućar die Rede auf dem Platz der Republik hielt, sowie dem Abzeichen der Kroatischen Post am Revers, das ihm der Postbote einige Tage zuvor spaßeshalber mitgebracht hatte, lag Professor Karlo Adum im Sarg und – das beunruhigte ihn am meisten – atmete nicht. Er sah sich als Toten, und da begriff er, warum kein Mensch auf der Straße war.

Halb zehn. Er sprang aus dem Bett und schlüpfte in die Hose. Auf einem Bein balancierend, hüpfte er durch das Zimmer, wie als Soldat bei einem Alarm. Als Soldat im Spätsommer 1968, stationiert an der Grenze zu Bulgarien. Die Sirene heult, er versucht vergeblich, das Bein durch das verdrehte Hosenbein zu kriegen, während Kosta Strajinić, der Fähnrich, brüllt, die Bulgaren hätten mit Maschinengewehren geschossen, sie haben geschossen, die Scheißkerle, und Šarko abgeknallt, den Hund, was haben sie gegen das arme Tier, und im Radio wurde gemeldet, dass der Russe am Morgen mit Panzern in Prag einmarschiert ist, die Ärmsten, aber wenn sie es in Belgrad versuchen, wir haben den Auftrag, sie aufzuhalten, zieh dich also an, es ist Alarm, du Hornochse, Alarm, die Bulgaren haben unsern Hund abgeknallt …

Der Professor hatte um sechs aufstehen und um halb sieben auf der Autobahn sein wollen, doch der Traum hat ihn aus dem Takt gebracht. Bis er gewaschen, angezogen und rasiert war und das Hemd noch einmal gewechselt hatte, weil er auf das erste Rasierschaum kleckerte, war es zehn. Eine halbe Stunde später erreichte er die Mautstation. Da fiel ihm die Pistole ein, die er zusammen mit dem Reisepass unter dem Bett hatte liegen lassen. Er wendete mitten auf der Straße und fuhr unter den Augen erstaunter Polizisten und Fahrer, die vor der Autobahn Schlange standen, nach Zagreb zurück.

Er parkte vor dem Hochhaus. Es war Montag, die Menschen arbeiteten, es gab viele freie Parkplätze, bis auf ein paar Tauben und den Hund von Poparić, dem pensionierten Staatsanwalt, war alles ruhig. Der Cockerspaniel kläffte und jagte die Vögel und machte sich wichtig, und der Professor schielte zum Hochhaus hinüber, um nicht zufällig Poparić in die Arme zu laufen und sein Reiseziel erklären zu müssen.

Es war ein schöner Tag, es ist immer schönes Wetter, wenn man verreist, aber eigentlich lieber bleiben würde. Vor dem Nachbarhaus stand ein Krankenwagen, am Hauseingang roch es nach angebrannter Milch, am Spiegel im Fahrstuhl lief Spucke herunter. Wer immer sich darin sah, sah sich angespuckt. An der Wand neben dem Spiegel klebte ein Foto der heiligen Muttergottes von Marija Bistrica und darunter stand: »Möge Gott dieses Haus segnen.«

Er holte Pistole und Reisepass, und als er die Tür

hinter sich abschloss, kam ihm zum ersten Mal der Gedanke, er würde nicht zurückkehren. Das ist in Ordnung, solche Sachen gehen einem halt durch den Kopf, wenn man eine Pistole dabei hat, tröstete sich der Professor.

Er legte sie zusammen mit dem Pass ins Handschuhfach. Das tat er ohne zu überlegen, wie man es in Filmen sieht. Vielleicht gestand er es sich zu diesem Zeitpunkt noch nicht ein, aber Professor Karlo Adum hatte das Gefühl, wichtiger zu sein. Und mindestens zehn Jahre jünger. Er hatte mehrere Stufen auf einmal genommen, als er das Hochhaus verließ, das war seit mindestens zwanzig Jahren nicht mehr vorgekommen, aber er fuhr genau so schnell wie sonst auch: innerhalb der Stadt sechzig, auf der Autobahn hundertzehn – mochte er selbst heute Morgen jünger sein, der gute alte Volvo war es nicht. Der Volvo war der Grund seiner Reise. Aber vielleicht bildete sich das der Professor nur ein.

An der Abzweigung nach Ivanić tankte er. Auf dem Weg zur Kasse fiel ihm ein, dass er den Wagen nicht abgeschlossen hatte. Vor einem Diebstahl hatte er keine Angst, wohl aber, dass jemand ins Handschuhfach schauen – da legen Leute oft ihre Wertsachen hinein, Sonnenbrillen, Mobiltelefone, Geldbörsen – und die Pistole finden könnte. Und ihn anzeigen würde. Professor Karlo Adum dachte ernsthaft, einer, der sich an fremden Eigentum vergreift, könnte ihn wegen unerlaubten Waffenbesitzes anzeigen. Später, als er darüber nachdachte, fiel ihm selbst auf, wie aberwitzig diese

›37‹

Annahme war, Kriminelle zeigen niemanden an, und Pistolen im Auto sind für sie nichts Ungewöhnliches. Wer weiß, am Ende genießt eine Crvena Zastava Baujahr 1966 bei Dieben hohes Ansehen, vielleicht war es eine gute, wertvolle Waffe, ein Schießeisen für Liebhaber, für Leute wie Toni Glowatzki oder den verstorbenen Relja Bašić.

Während er einem älteren Mann in dem schmierigen Overall mit der Aufschrift INA seine Diners Card hinhielt und der genervt stöhnte, weil er mit Bargeld besser zurecht kam, malte sich der Professor aus, wie Relja Bašić aus der Innentasche statt des Portemonnaies eine Pistole holte und mit gedämpfter Stimme wie auf den Grammofonplatten in den Antiquariaten auf der Ilica sagte: Dies ist ein Überfall, bitte legen Sie das ganze Bargeld auf den Tresen. Oder wie ein Crvena-Zastava-Liebhaber sagen würde: Mann, schieb die Kohle rüber.

Während der Professor seinen Gedanken nachhing, stöhnte und seufzte der Tankwart, weil die Maschine partout die Karte nicht lesen konnte und es ihm wahnsinnig wichtig war, dass der alte Kerl vor ihm sein Stöhnen bemerkte, seine Unhöflichkeit missbilligte oder irgendetwas sagte, damit er endlich einen Grund hatte, zu explodieren und herumzubrüllen. Die Zeiten sind schwer und gefährlich, man muss schon aufpassen, wen man anschreit, wenn man an einen Kriminellen gerät, macht der einen fertig, gerät man an ein hohes Tier, rennt der direkt zum Chef, so oder so hat man verloren, wenn man sich wehrt. Aber der mickrige, elende Rentner da mit seinem Volvo aus den Siebzigern war bestimmt weder kriminell noch wichtig. Der war ein Niemand, den konnte man wegpusten, was immer er tut, tut er zum letzten Mal, der schaufelt schon an dem Grab, in das er sich bald legt.

Der Dicke schmeißt die Karte über den Tresen, fast wäre sie auf den Boden geflogen, und Professor Adum sieht genau, wie er auf den Mann schießt und der mit erhobenen Händen rückwärts in die Scheibe fällt, während er langsam, einen Schritt nach dem anderen, mit einem Gesicht wie Relja Bašić und den Taschen voll Geld zum Volvo geht.

»Auf Wiedersehen.«

»Auf Wiedersehen und gute Reise«, antwortet der Tankwart automatisch. Eine oder zwei Minuten später wird er den Alten mit der Diners-Karte vergessen haben.

Zu beiden Seiten der Straße flogen Telegrafenmasten, Mais- und Hopfenfelder und alte Umspannhäuschen vorbei, die lange vor dem Krieg mit der Werbung für die Elektronska Industrija Niš bemalt worden war; die Buchstaben der subversiv-feindlichen Aufschrift konnte man noch ahnen. Professor Adum bremste vor jedem Häuschen auf neunzig ab, las, buchstabierte und fragte sich, ob außer ihm niemand die Reklame für eine Firma bemerkte, die es nicht mehr gab und deren Fernseher längst schon durchgebrannt waren; neben der Straße standen hohe Schornsteine vor grauen Fabrikhallen mit zerbrochenen Fensterscheiben, endlose Wiesen mit nicht gemähtem Gras, verrottende Stoppelfelder, die in der spätsommerlichen Sonne kurz vor der Selbstentzündung standen, Hochspannungsleitungsmasten mit roten Warnblitzen, die an ss-Offiziere in BBC-Dokumentationen erinnerten, dann wieder Telegrafenmasten, einer nach dem anderen, aber vielleicht waren auch das Hochspannungsleitungen, überlegte der Professor, nur eben ältere aus der Zeit vor dem Krieg, denn wer braucht heute noch Telegrafen oder hätte von jemandem gehört, der einen Telegrafen benutzt. Auf einem Rastplatz standen drei Sattelschlepper mit großen roten Halbmonden und Buchstaben auf der Plane. Der Professor schüttelte sich, so unangenehm war ihm der Anblick. Er dachte an Männer, die vermutlich in ihren Kabinen schliefen, unrasiert und verschwitzt, mit fettigen schwarzen Haaren und leichtem Schlaf, sie wachen bei jedem Rascheln auf, denn sie sind es gewohnt, so zu schlafen und zu reisen, um Frau und sieben Kinder daheim in Istanbul, Ankara oder Izmir zu ernähren.

Während er sich die schlafenden Türken vorstellte, überlegte sich Professor Karlo Adum zum ersten Mal, wohin er selbst fuhr. Von diesem Gedanken wurde ihm leicht übel und schwummerig. Er zog die Nase hoch, schluckte den Schleim hinunter und beschloss, an etwas anderes zu denken.

Er erinnerte sich, dass er 1948 im Mai, auf den Gipfeln der Berge lag noch Schnee, mit dem Bus ans Meer gefahren war. Der Bus war olivgrün und auf beiden Seiten mit Fraktur beschriftet, die Beschriftung war mit gewöhnlichem Kalk übermalt worden, durch den die

Ober- und Unterlängen der deutschen Buchstaben hässlich und drohend schimmerten. Er hatte geweint, als ihn die Mutter zu diesem Bus gebracht hatte. Er bettelte, in einen anderen gesetzt zu werden, auf dem halb zerstörten Bahnhof standen fünf weitere Busse, und in alle stiegen Kinder ein, die von ihren Eltern begleitet wurden, aber sein Bitten und Betteln waren umsonst. Mach mir keine Scherereien!, sie zerrte ihn grob zur Tür, während ihm das Blut gefror beim Anblick der Buchstaben. Er glaubte genau zu wissen, wohin ihn ein solcher Bus bringen würde. Sie setzte ihn nach hinten, weit weg von der Tür, damit er nicht wegrannte, gab ihm einen feuchten Kuss auf die Backe und ging. Seine Mama Cica, Josipa Adum, geborene Stambolija, Schneiderin und Modistin, Salon Mona Grazia, Aleksandrova 54. Das, so hatte sie ihm beigebracht, solle er sagen, wenn er mal verloren ginge. Und dann gab sie ihm bei dem Wort Modistin und beim Salon Mona Grazia eine Ohrfeige, schalt ihn einen begriffsstutzigen Dummkopf, der sie alle noch ins Gefängnis bringen würde. Er war klein, ganz, ganz klein, in den Bergen rundum wurde noch geschossen, man hörte das Echo britischer Bomben, und er verstand nicht, warum er plötzlich nicht mehr Modistin sagen durfte und Mama ihn für Mona Grazia ohrfeigte. Vor ein paar Tagen oder Monaten noch, eigentlich bis gestern, bis zu dem Sonntag, an dem Bischof Ivan Evanđelist Bonbons in glitzernden Papierchen mit dem Bild des Poglavnik darauf an die Kinder verteilt hatte, hatte sie ihn geküsst, weil er in einem Atemzug alles von Mama Cica bis Mona Grazia nachgesprochen hatte, und ihm gesagt: »Wer ist Mamas Stolz, wer ist Mamas kleiner Duce, Mamas Schutzengel, Mamas Führer.« Während Männerbeine in hohen, schwarzen Stiefeln über das Parkett spazierten, das nach Petroleum roch, und der Widerhall deutschen Lachens zu hören war, nahm Mama die Maße für Schulterbreite und Beinlänge ab und sagte dabei mit trauriger Stimme: »Wenn Sie wieder nach Zagreb gehen, dragi moj Oberst Spitzer, mein lieber General Mrkonjić, mein lieber Freudenreich, denkt an eure verlassene Mona Grazia, die in dieser finsteren orientalischen Provinz zurückbleibt.« Karlo verband diese Zeit mit dem Geschmack von Schokolade und dem Geruch von Petroleum.

Und gerade als er aus der Erinnerung an Schokolade herausgewachsen war und so viel Verstand hatte, dass er nie, nicht einmal im Schlaf, in die Wortreihe – Mama Cica, Josipa Adum, geborene Stambolija, Schneiderin, Volkshandwerksbetrieb – ein Wort einbaute, von dem man stirbt und das einen unverhofft metallischen Geschmack im Mund nach sich zieht, gerade da, erinnerte sich Professor Adum, während er mit dem Volvo durch die pannonische Ebene glitt und Zagreb im vormittäglichen Strahlen und Vergessen hinter sich zurückließ, weckte ihn Mama vor Morgengrauen und brachte ihn zum Busbahnhof und diesem hässlichen, olivgrünen Bus mit Frakturbuchstaben, die mit einer löchrigen Kalkschicht mehr schlecht als recht abgedeckt waren.

Er saß da, die Stirn an die Scheibe gelehnt, und wimmerte. Auf der anderen Seite der Scheibe standen Mamas, aber nicht Mama Cica. Sie war gegangen und hatte nicht zurückgeschaut. Die Mamas winkten ihren Kindern, ihn bemerkten sie nicht einmal, oder jede hielt ihn für das Kind einer der anderen Mütter. Fast sechzig Jahre später dämmerte ihm, dass es so gewesen sein musste, dass sie ihn nicht absichtlich ignoriert hatten. Damals hatte er geglaubt, sie wüssten ganz genau, dass er allein war, dass seine Mama weggegangen war und nie mehr zurückkommen würde, während sie da waren und bis zum Schluss blieben, ihren Söhnen zum Abschied winkten, wie die kroatischen Mütter beider Religionen auf dem Bahnhof gemeinsam mit Ivan Evanđelist und drei Hodschas den Rittern gewinkt hatten, die nach Stalingrad fuhren, um Europa gegen die asiatische Gefahr zu verteidigen. Mütter, die stolz auf ihre Söhne sind, bleiben.

Im Fraktur-beschrifteten Bus fuhren die, die sterben mussten.

Noch heute zog sich ihm alles zusammen bei dem Gedanken, der ihn in den schlimmsten zehn Stunden seines Lebens seit dem Betreten des Busses verfolgt hatte, denn mit vollendetem siebten Lebensjahr glaubte er, in der alten deutschen Rostschüssel, einer Kriegsbeute, die der Kinderabteilung im Volkskrankenhaus zur Nutzung überlassen worden war, zum Tode verurteilt zu sein.

In dem Bus saßen nur Jungen, die meisten jünger als er, riesige Wasserköpfe, rasierte Glatzköpfe mit ungesund roter Gesichtsfarbe. Sie ähnelten sich, sahen aus wie Brüder, leere Blicke und halboffene Münder, schlitzäugig wie die betrunkenen Mandarine im Bilderbuch *Vom Opiumkrieg*, Zagreb 1944, das ihm Mama zum Durchblättern gegeben hatte, wenn er Fieber hatte oder sie spät am Abend das Haus verließ, weil sie es nicht mehr ertrug, den Vater fluchen und mit blutigen Fingernägeln die Wand kratzen zu hören. Einige Buben fingen laut an zu heulen, als ein bleicher, blauäugiger Jüngling mit runden Brillengläsern, kaum größer als ein Zwerg, den Bus startete und zwei-, dreimal zum Abschied hupte. Die anderen kauerten sich in die zerrissenen, dreckigen Ledersitze und zogen die schmutzigen, gelben Vorhänge übers Gesicht, wahrscheinlich in der Hoffnung, sie würden auch verschwinden, wenn sie selbst nichts mehr sahen. Einige fingen an, völlig unmenschliche Schreie auszustoßen, und hörten bis zum Ende der Fahrt nicht mehr auf, aber diese Schreie störten die Begleitpersonen nicht im mindesten. Nur wenn welche laut losbrüllten oder sich von ihrem Platz erheben wollten, schwang der Erzieher einen dünnen, glänzenden Lederriemen, eine Art improvisierte Peitsche, und ließ sie auf die nackten Oberschenkel klatschen, genau hinter dem Saum der kurzen Hosen, anschließend heulte der Getroffene eine Weile über den unerwarteten Schmerz, schrie aber nicht mehr so laut.

Einer dieser Schreihälse saß neben Karlo. Er hatte die Augen von einem, der zu allem bereit ist. Wenn er brüllte, bekam Karlo es mit der Angst zu tun. Der andere war kräftiger und dicker als er, wenn auch nicht älter. Der Erzieher hatte ihn bereits zweimal mit dem Riemen auf die nackten Beine geschlagen und dabei Karlo jedes Mal nur knapp verfehlt. Auf der Haut des Jungen brachen zwei rote Schlangen auf, eine war am oberen Ende blutig, und um diese Schlangen bildeten sich blaue Venen und gerissene Äderchen. Die Schlange sollte in den nächsten Stunden wachsen und über die Beine des Jungen wandern und die Farbe von Rosarot in ein schreckliches Dunkellila umschlagen, wie die Paspeln und der Saum am Mantel von Hochwürden Sabol.

Karlo dachte, wenn er schreit, kriegt er auch was auf die Beine.

Und holte mehrfach Luft, um zu schreien, traute sich aber nicht. Er betrachtete seine dünnen Oberschenkel, sie waren dreckig, weil er sich die Hände daran abwischte, und verschwitzt, und er dachte voll Angst, dass sich im Moment des Schmerzes alles verändern würde.

Aber jetzt, während der Fahrt mit der Pistole im Handschuhfach, konnte er schreien, so viel er wollte. Verschwunden waren der Bus und die Jungen darin, verschwunden auch die beiden Begleitpersonen und der blonde Fahrer, der Serjoža hieß und so groß war wie ein Siebenjähriger, verschwunden die Reihe enger, schrecklicher Schluchten mit grünen Flüssen unten in der Tiefe, die gewundene Straße und die Tunnels, in denen der Bus beinah stecken geblieben wäre, verklungen das Lied, das die Schreie der Kinder übertönte:

»O Marijana, süße kleine Marijana …«

Professor Karlo Adum schüttelte sich und gab Gas. Rund neunzig Kilometer hinter Zagreb war es selbst zur Mittagszeit im Hochsommer immer leicht neblig und feucht. Bald kam die Abzweigung nach Novska, da liegt Jasenovac, einige Kilometer von der Autobahn entfernt liegt eine grau-weiße Steinwelt und der Weg dorthin, der aus Bahnschienen besteht. Dort wurde vor fünfundsechzig Jahren der Grundstein zu einem Konzentrationslager gelegt. Als Karlo geboren wurde, gab es dort bereits Baracken. Er wird vier Jahre alt sein, wird aussprechen können: Mama Cica, Josipa Adum, geborene Stambolija, Schneiderin und Modistin, Salon Mona Grazia, Aleksandrova 54, er wird wissen, dass er auf die Nachfrage: Aleksandrova? antworten muss: Doktor-Ante-Pavelić-Straße 54 und dabei die ausgestreckte Rechte wie einen Säbel durch die Luft ziehen, da ist er schon groß und vernünftig, und an jedem Tag seines Lebens werden Menschen in diesem Lager ermordet. Kein Tag bis zu Karlos viertem Geburtstag, an dem nicht wenigstens ein Mensch dort getötet wurde. Das kleine Leben war Tag für Tag mit ihrem Sterben erkauft. Mama nähte in dieser Zeit fleißig, der Vater stritt sich, stritt sich bitter mit sich selbst und kratzte mit den vier Fingern der rechten Hand an der Mauer und arbeitete nicht. Mama schneiderte Karlo eine kleine schwarze Uniform und zog ihm schwarze Stiefelchen an, und er marschierte durch Mona Grazia, während es nach Petroleum roch und aus den Hosen der Offizierstaschen Schokolade fiel, und sang dazu aus vollem Hals von

Rittertum und Heldentum. Aber leider sang er nicht sehr schön. Sonst hätte er mehr Schokolade bekommen.

Er erinnerte sich deutlich an die kleine Uniform, wegen der Mamas Salon besser lief als der schräg gegenüber, der früher einem Juden gehört hatte, also einem, der Christus verraten hat – das hatte sie ihm beigebracht –, und inzwischen der Schwester von Hauptmann Sabrihafizović gehörte, die Mama nicht ausstehen konnte und von der sie behauptete, das sei eine Türkin, keine Kroatin, Kroatinnen hätten weder so schwarzes Haar noch so dicke Lippen oder schiefe Augen. Ach, was wäre die Welt so schön und wie wären wir alle glücklich, wenn es schräg gegenüber nicht die Sabrihafizović gäbe, wegen der Mama so böse die Stirn runzelt, dass nichts sie aufheitern kann, nicht einmal, dass Karlo vor Colonello Luigi marschiert, auch wenn der Italiener lacht und ihm auf den Hintern klopft und zwar so, dass Karlo Zärtlichkeit und Wärme im ganzen Körper spürt, in den Armen und den Beinen und zwischen den Beinen, und so marschiert er und überlegt, wie er dem Colonello, wenn er erst einmal Italienisch gelernt hat, sagt, dass man mit der Sabrihafizović dasselbe machen soll wie mit dem Juden, sie hat Christus bestimmt auch verraten und sie ärgert Mama.

Das dachte er und merkte nicht, wie er sich, abgelenkt von der Tätschelei des Colonello, in die Hose pinkelte.

Doch verschwunden sind der Colonello und Mona Grazia und die glänzenden Zeiten, in denen das Leben so einfach war, weil es sich auf Marschieren über ein

›47‹

Parkett, das nach Petroleum roch, und Salutieren in der kleinen schwarzen Uniform mit den Stiefeln vom Schuster Tučan beschränkte. Dunkle Zeiten waren angebrochen, und er landete in einem Bus zwischen fünfzig gleichen Köpfen, fünfzig hässlichen Rotzlöffeln, von denen die meisten nicht mal wussten, wie sie hießen, deswegen hatten sie ein Schild mit ihrem Namen um den Hals gehängt bekommen, der eine heulte, der andere schrie, alle paar Minuten hörte man den Riemen klatschen, schau, der Nachbar war zum dritten Mal dran, zwei weitere Schlangen kringeln sich auf den Schenkeln des Jungen, Adern platzen, unter der Haut ergießt sich blaues und violettes Blut, während der Wasserkopf wimmert und schluchzt, aufstößt und fiept und heult und fast erstickt und sich die blutigen, blauen Schlangen in den Schwanz beißen in dem Rudyard-Kipling-Dschungel auf den knochigen Beinen des Idioten, der keinen Funken Verstand hat, aber wie jeder Mensch Schmerzen empfindet.

Anfangs kam es ihm so vor, als röche der Bus wie Mona Grazia nach Petroleum, und dieser Geruch gefiel ihm, er genoss ihn, aber dann stellte er sich vor, dass ihn der Erzieher mit dem Riemen schlagen würde. Der Erzieher holte aus, ohne hinzusehen, wen er wo traf, die Erzieherin kam dazu und befahl: Hände weg, Saukopf!, drehte sich leicht in der Hüfte, schlug mit einem Schlenker aus dem Handgelenk zu und wartete dann neugierig den Moment ab, in dem sich der Körper des Jungen aufbäumte und starr wurde, als bekäme er einen elektrischen

Schlag, und erst danach kam der Schmerzensschrei. Sie schlug härter zu als der Erzieher, das Klatschen war lauter, die Schlangen waren dicker und blutiger. Vor ihr fürchtete sich Karlo, vor diesen Worten: Hände weg, Saukopf!, er kannte den Ausdruck nicht, aber er vergaß ihn nie wieder.

Dann roch es nicht mehr nach Petroleum, Karlo bekam Kopfschmerzen und fand den Geruch abstoßend, ihm wurde übel davon, genau wie jetzt, wo er mit dem Volvo an Jasenovac vorbeifährt und ihn alle hupend überholen, weil er ganz langsam geworden ist, er schleicht wie eine Schnecke, nicht mal fünfzig auf dem Tacho, und ihm scheint, als hätte er noch nie so klar gesehen, was sich damals im Bus abgespielt hat, der kranke Kinder von Sarajevo ans Meer fuhr. Er erinnerte sich an jede Einzelheit, jede Gestalt und jeden Geruch. Er hatte den Benzingeruch und den Schweiß von fünfzig Buben in der Nase und spürte sechzig Jahre später noch den Hunger, verschimmeltes Brot und Einbrennsuppe mit zwei Kartoffeln für alle fünfzig Buben, Schweiß, an dem man die Dumpfheit dieser beschädigten Menschenjungen roch, die nach Gottes Wille längst aufgefressen worden wären, wären es Löwenjungen oder Tigerjungen oder Zicklein, denn dann hätten ihre Mütter Mitleid mit ihnen gehabt, aber da es Menschenjungen waren, gab es kein Mitleid, denn sobald sie schrien, schlug der Riemen aus der Haut fröhlicher Schweine zu, und die sozialistische Gemeinschaft schickte sie ans Meer, damit sie nicht etwa in Schnee, Smog und Nebel an gewissen Krankheiten stürben, denn sie müssen gesund sein und schreien können, damit die, die sie bis zu ihrem Ableben prügeln, nach Menschenrecht und -gesetz bezahlt werden können.

Als sie zur weiten blauen Fläche durchbrachen und Serjoža ein neues Lied anstimmte – O tiefes Meer, all meine Trauer! –, konnte sich Karlo nicht mehr beherrschen und erbrach sich, und zwar auf den Nacken des Jungen, der vor ihm saß, woraufhin dieser in voller Lautstärke losbrüllte. Er schrie so, dass alle Angst bekamen und verstummten. Im Unterschied zu den anderen schrie er nicht wie ein Kind; sein Schrei war der Schrei eines alten Mannes, der mit dem Kopf unter Wasser gedrückt wurde und wieder hochkommt. In seiner Stimme hörte man den Schrecken der zu Tode Verurteilten. Obwohl er ein Idiot war – der Speichel lief ihm die ganze Zeit über das Kinn – und Windeln trug wie ein Säugling, schrie er wie einer, der das Leben hinter sich hat und sich an alles erinnert.

Der Erzieher rannte herbei, Gott sei Dank, dachte Karlo, bevor es ihm vor den Augen blitzte und er das Gefühl hatte, dass sich die Haut auf seinen Oberschenkeln in zwei Ufer trennte, Gott sei Dank, dass es er und nicht sie ist!, und sie, die Erzieherin, stand vor dem Idioten und schrie:

»Hände weg, Saukopf!

Hände weg, Saukopf!

Hände weg, Saukopf!«

und schlug wieder und wieder zu, denn der hörte

weder auf zu schreien noch nahm er die Hände weg, sondern versuchte, sich vor der Peitsche zu schützen, die immer heftiger zuschlug.

»Lass gut sein, du siehst doch, dass der plemplem ist, der kriegt nichts mit!«, beruhigte sie der Erzieher.

Die nächsten drei Nächte schlief Karlo in einem großen, eisig kalten Raum in einer Villa, die einem alten Patriziergeschlecht aus Dubrovnik gehört hatte, umgeben von geistig zurückgebliebenen Kindern, die an Bronchitis erkrankt waren und wie im Bus meistens weinten und plärrten. Am vierten Tag fragte ihn die blonde Ärztin, die Klara Stein hieß, nach seinem Namen.

»Karlo Adum«, antwortete er.

»Wie heißen deine Eltern?«

»Papa Ilija, Mama Cica, Josipa.«

»Und mit Nachnamen?«, fragte die Ärztin verwirrt.

»Adum, so wie ich. Mama hieß früher mal Stambolija, aber dann hat sie Papa geheiratet. Oma Marica heißt heute noch Stambolija, weil sie früher mal Ilijašević geheißen hat. So ist das für die Frauen: Du hast einen Nachnamen und bekommst einen ganz anderen, wenn du heiratest. Bist du denn verheiratet?«

»Nein«, antwortete Klara.

»Meinst du, dass du dir keinen anderen Nachnamen merken kannst? Das ist nicht schwer, du musst nur immer daran denken, dass das nicht du bist, sondern dein Mann, dann kannst du es dir leicht merken«, belehrte Karlo die Ärztin.

An diesem Abend schlief er nicht mehr bei den geistig zurückgebliebenen Kindern. Die Ärztin nahm ihn mit sich in die Stadt, ging mit ihm auf der Stradun spazieren, fragte ihn über Mama und Papa aus und guckte dann nachdenklich in die Luft. Dann kaufte sie ihm ein Eis und brachte ihn schließlich in eine andere Patriziervilla, die auch voller Kinder war, aber diese Kinder schrien und weinten nicht. Die Jungen prügelten sich, aber es gab auch Mädchen, die backten Kuchen aus Sand. Es gab keine Erzieher und Erzieherinnen, die mit Lederriemen zuschlugen. Innerhalb von drei Wochen setzte es eine einzige Ohrfeige von einer Betreuerin, und die bekam Savo Mesarević, weil er den Fußball in eine Fensterscheibe geschossen hatte.

Karlo hatte nie herausgefunden, warum ihn Mama Cica zu dem Bus mit den deutschen Buchstaben gebracht hatte, in dem die geistig behinderten Kinder gesammelt wurden. Erst in späteren Jahren begriff er, dass ein Fehler passiert sein musste, dass Mama Cica nicht Bescheid gewusst hatte. Mama hatte ihn nicht für einen Idioten, einen Schwachkopf, einen Deppen, einen Mongo gehalten, wie er früher angenommen hatte, Mama hatte ihn nicht für seine Langsamkeit bestrafen wollen, bis er die Modistin und Mona Grazia aus seinem Kopf geworfen und vergessen hatte, wie glücklich er in der schwarzen Uniform mit den sechs Prunkknöpfen gewesen war, in der er marschierte wie die Teufelsdivision vor der Abreise zur Entscheidungsschlacht gegen das asiatische Heer des Josef Stalin und seiner jüdischen Helfershelfer.

Wenn Professor Karlo Adum daran dachte, dass er nach über einem halben Jahrhundert nach Sarajevo zurückkehrte, wurde er noch langsamer. Während er so über die Autobahn schlich, kam ihm nicht einmal in den Sinn, dass er umdrehen und zurückfahren könnte. Es war aus, so schien ihm, es war aus, seit er in Rente gegangen und seine Ivanka gestorben und sein Leben ein einziges Warten auf den Tod war und nichts sonst. Aber weil er noch nicht gestorben war, konnte dieses Telegramm wenigstens sein Leben ändern, dieses wunderliche, unglaubliche Telegramm, in dem Doktor Jozo Sunarić den drei Erben (Namen in Klammern) mitteilte, »dass der Pensionär Tadija Melkior Adum in Sarajevo im Angesicht des Herrn, Jesus Christus, verschieden ist und in seinem Testament, das er mit amtsgerichtlicher Beglaubigung bei Unterzeichnetem hinterlegt hat, die persönliche Anwesenheit bei der Verlesung des letzten Willens zur Vorbedingung für einen Anteil an dem nicht unbeträchtlichen Erbe erklärt hat. Den Tag der Testamentseröffnung wird Unterzeichneter nach dem ausdrücklichen, im Testament niedergelegten und amtsgerichtlich beglaubigten Wunsche des Erblassers festsetzen, sobald die drei Begünstigten in Sarajevo eingetroffen sind oder schriftlich bzw. mündlich erklärt haben, auf die Anreise und damit auch auf das Erbe verzichten zu wollen, oder sofern sie sich nicht innerhalb einer angemessenen Frist fernmündlich oder anderweitig bei Unterzeichnetem gemeldet haben sollten und dieser daraus auf eine Zurückweisung des Erbes schließen kann.«

Sollte es sich um eine Falle handeln, dachte Professor Adum, wäre er nicht weiter traurig, aber er würde sich auch nicht unter Wert verkaufen; sollte man ihn in Sarajevo ausrauben wollen, würde er sich mit allen Mitteln verteidigen. Sollte es hingegen keine Falle sein, sollte Tadija Melkior Adum, sein Onkel und der Familienteufel, tatsächlich über hundert Jahre alt geworden sein und ihm etwas hinterlassen haben, dann dürfte es tatsächlich etwas zu erben geben. Tadija war rücksichtslos und empfand keine Gewissensbisse wegen des Daumens seines Bruders, wollte sich aber wohl freikaufen, bevor er zu seinem Schöpfer ging, und dafür wären ein-, zweitausend Kuna zu wenig, spekulierte der Professor. Es würde, so hoffte er, für ein neues Auto reichen, so dass er sich von dem guten alten Volvo trennen konnte, der ihn, so gern er ihn hatte, denn etwas Lieberes als dieses Auto besaß er auf dieser Welt nicht, an die Naivität und Unvernunft seiner Jugend erinnerte. Er hatte ihn als vierunddreißigjähriger Gymnasiallehrer für Geschichte erworben, in einer Zeit, die er wie alle anderen Kroaten und Katholiken hinter sich lassen musste. Und sollte er einen Tag später tot umfallen, dann wenigstens als freier Mann.

Er hatte, während er an der Ausfahrt Nova Gradiška vorbeifuhr, eigentlich nur Angst, weil er Sarajevo nicht kannte, nicht wusste, was das für eine Stadt war, nicht wusste, ob ihn jemand am Nachnamen erkennen und an Rache denken würde, trotz der vielen Bilder vor allem während des Krieges in Presse und Fernsehen nichts über Sarajevo wusste, nichts von der Stadt wusste, obwohl er jedes Mal Sarajevo gesagt hatte, wenn ihn Schalterbeamtinnen oder Polizisten nach seinem Geburtsort fragten, aber da hatte der Professor nie an das echte Sarajevo gedacht, die echte bosnische Stadt, das Wort war vielmehr eine Chiffre, eine inhaltsleere, bedeutungslose Losung, die er aussprechen musste, um zu beweisen, dass er er war, Karlo Adum, der Gymnasiallehrer für Geschichte mit einer Magisterarbeit über die Rezeption von George Washington im kroatischen Schrifttum des 19. Jahrhunderts; das Wort Sarajevo hatte er ausgesprochen, wie die Lautsprecher am Flughafen Hunderte von Städtenamen verkünden: routiniert und kalt und ohne Gedanken daran, dass die jeweilige Destination Menschen etwas bedeuten könnte.

Ihn erschreckte der Gedanke, dass Sarajevo anders war und er in Kürze mit den Formen dieses Seins konfrontiert sein würde. Nur das und sonst nichts ging ihm durch den Kopf. Bei der Ausfahrt Nova Gradiška glich Sarajevo der Angst vor dem Tod.

Er hielt bei einem Schnellrestaurant an einer Tankstelle. Das Auto stellte er so ab, dass er es durchs Fenster sehen konnte, überlegte kurz und schob die Pistole doch in die Jackentasche. Eines Sommers, 1981 oder 1982, jedenfalls nach Titos Tod, verbrachten Ivanka und er die Sommerferien in Trpanj auf Pelješac. Der Volvo stand vor dem Haus, in dem sie ein Zimmer gemietet hatten, eine private Unterkunft, »Zimmer frei«, eine Camera obscura mit Blick auf einen gesprengten

Felsen, in dem die Toilette gebaut werden sollte, aber dann wurde Onkel Miho krank und alles ging zum Teufel, ach ein elendes, elendes Leben ... Und so erwachten sie sieben Tage lang jeden Morgen mit Blick auf diesen gesprengten Felsen statt mit Meerblick, wie in der Anzeige der *Večernji list* versprochen, um am achten Morgen von einer panisch an ihre Tür klopfenden Vermieterin geweckt zu werden: Heilige Jungfrau, hilf mir, Höllenschlund ..., sie schrie lauter wirres Zeug, Karlo stand auf, rannte in Unterhosen aus dem Zimmer, die Vermieterin sprang zur Seite und sprach mehrere passende Gebete, er war schon im Hof bei dem Volvo, dessen Scheibe eingeschlagen war und auf dessen Beifahrersitz ein ordentlich gelegter Haufen menschlichen Kots lag. Der Dieb hatte sich vermutlich geärgert, weil er nichts zum Stehlen gefunden hatte. Sie fuhren am selben Tag nach Zagreb zurück. Der Volvo roch nach tropischen Früchten aus der Spraydose, und Ivanka weinte die ganze Zeit.

»Denk doch an die Unglücklichen in Kambodscha«, er wollte sie trösten, »die wurden vertrieben und durften überhaupt nichts mitnehmen. Dabei haben sie seit zwei-, dreihundert Jahren in ihren Häuschen gewohnt.«

»Wirklich so lange?«, fragte Ivanka durch die Tränen.

An die Flüchtlinge aus Kambodscha mussten sie später immer denken, wenn es ihnen nicht gutging.

Professor Karlo Adum nahm also seine Pistole und setzte sich im Restaurant in die Nähe des Ausgangs, wo vier Tische für Gäste standen, die nichts essen wollten. Die Kellnerin kam, eine große, dunkle Frau mit einem Bläschen an der Lippe – eigentlich hieß das Herpes, aber dem Professor war Bläschen lieber –, und sagte, hier sei Selbstbedienung und er könne hundert Jahre da sitzen und würde nicht bedient.

»Und wer hält mir den Platz frei, wenn ich aufstehe?«, fragte er.

»Hier wird kein Platz freigehalten«, raunzte sie ihn an, und er betrachtete das Bläschen, das offensichtlich anschwoll und aussah, als würde es jeden Moment platzen.

»Mich hat eine Schnake gestochen«, sagte sie, »heute morgen. Glaubst du mir nicht, oder?«

»Doch.«

»Nein, nein, das ist mir doch klar«, lachte sie.

»Warum sollte ich es nicht glauben?«

»Weil es wie Aids aussieht, oder? Genau wie Aids.«

»Davon verstehe ich nichts.«

»Wie soll denn das gehen. Alle wissen es, sie tun nur so. Sag schon, was willst du trinken. Ich bring's dir, obwohl das nicht mein Job ist.«

»Kaffee, meine Liebe, und Mineralwasser.«

»Ach nein, und Mineralwasser! Ich habe dir doch gesagt, dass das nicht mein Job ist und ich dir nur einen Gefallen tue.«

»Gut, dann eben ohne Mineralwasser.«

»Ich heiße Kata«, sagte sie, als sie mit Kaffee und Mineralwasser zurückkam. »Nur damit du weißt, wer dir

›57‹

einen Gefallen getan hat, und es nicht vergisst. Kata, merk dir das.«

»Mach ich, Kata.«

Entlang der Glasvitrinen, in denen kroatische Nationalgerichte dampften, die aus Töpfen, Krematorien und Mikrowellenherden aufgeschöpft wurden, schob sich eine Schlange polnischer Touristen mit gelben Tabletts in den Händen. Zwei Busse mit Krakauer Kennzeichen standen hinter der Tankstelle auf dem Parkplatz, die Fahrer standen daneben, rauchten und passten auf. Sie trugen grüne Uniformen, wie Offiziere eines ehemaligen Heeres. Man sah, dass sie Zeit hatten, sie würden warten, egal, wie lange es dauerte, sie hatten es nicht eilig, Polen war weit weg. Und die Reisenden öffneten die Glasdeckel und nahmen sich Wiener Schnitzel, Sarma, Pasticcio, Moussaka, Grenadiermarsch, Čevapčići in abgestandenem, fest gewordenem Öl, das an die zugefrorenen Flüsse des Nordens im Winter 1940 erinnerte, Weißkohleintopf, Topfenstrudel gekocht und gebraten, aufgeschnittenen Braten und Kirschstrudel. Sie nahmen von allem ein bisschen, ordneten es auf ihren Tellern an, manche hatten zwei oder gar drei Teller auf ihren Tabletts, denn auf einen hätten die ganzen kroatischen Gerichte gar nicht gepasst, die den Polen in den vergangenen drei Wochen, die sie in Vodice oder Rogoznica verbracht hatten, so gut gemundet hatten, dass sie, auch nachdem sie die Heimfahrt mit Ausflügen nach Medugorje, Mostar und Sarajevo hinausgezögert hatten, jetzt voll Sehnsucht nach dem bisschen Kroatischen haschten, das ihnen für lächerliche vierzig Kuna pro Person in diesem Restaurant am Weg nach Krakau oder Warschau geboten wurde, auf dem Weg in die Privathölle eines weiteren Winters, den man überleben musste und während dem man gut verdienen muss, um in einem Jahr wieder ans Meer zu fahren, nach Kroatien, in unser ach so schönes Kroatien, in dem heißblütige Südslawen am frühen Morgen Teile ihrer Toten herausholen, gesotten und gebraten, Schwein und Rind, und zum siebten, achten Mal im heißen Dampf, im Mikrowellenherd, im heißen Öl oder im Backofen mit Schweinefett aufwärmen und ihren Gästen aus dem Norden als jenes Einzige präsentieren, was sie wirklich können, sie sozusagen als eine Art Substrat des Kroatentums anbieten. Und die Nordslawen hauen Gott sei Dank rein, auch die Franzosen und Deutschen hauen rein, denn sie glauben ihren Gastgebern rückhaltlos selbst dann noch, wenn sie infolge des ranzigen Öls oder des verdorbenen Schweinefleischs am ganzen Körper einen Nesselausschlag bekommen, zumal das Fleisch so schmeckt, als stamme es aus einem der Massengräber in der näheren Umgebung, ob aus einem, in das Serben Kroaten warfen, oder einem, in das Kroaten Serben warfen, das ist den Touristen sowieso egal, wer denkt bei einer Fahrt ans Adriatische Meer, an die schönste und abwechslungsreichste Küste der Welt, schon darüber nach, ob bei den letzten Massakern mehr Serben von Kroaten oder mehr Kroaten von Serben umgebracht wurden. So uninformiert und uninteressiert an unserer Geschichte die Gäste sonst sein mögen, sie wissen doch genau, dass es den Südslawen im Blut liegt, sich nichts schuldig zu bleiben, und dass sie die heute offenen Rechnungen in fünfzig Jahren begleichen werden, so wie die von vor fünfzig Jahren gestern beglichen wurden. Und da es beim Blut kein Gleichgewicht gibt, wird unser südslawisches Schlachten ebenso wie das Aufwärmen toter Schweine und Rinder in kroatischen Nationalgerichten nie ein Ende haben. In der langen heldenhaften Geschichte Kroatiens ist kein einziges Wiener Schnitzel je weggeworfen worden.

So sah Professor Karlo Adum der endlosen Schlange von Polen und Polinnen in kurzen Hosen und bunten Röcken mit ihren sonnenverbrannten, sich schälenden Beinen zu, den blonden, verschorften Kindern, die vom Sommerurlaub in Dalmatien ganz zerstochen und zerschlagen waren, er sah sie vorbeigehen und ihre Teller füllen, glücklich und zufrieden, und wenn einer voll war, stellten sie einen zweiten und dritten aufs Tablett, überzeugt, genug Zeit zu haben, um alles aufzuessen, die ewig optimistischen Polen, die melancholischen Verwandten Chopins, in der Schlange vom kroatischen Schnellrestaurant auf der Autobahn Zagreb–Belgrad, mitten in historischen Umständen, von denen sie nichts wussten, sie gingen an ihm vorbei und sahen ihn nicht, sie ahnten nicht, dass er eine Pistole in der Hosentasche hatte und in der Pistole sechs Patronen und zweihundert weitere in einer Schachtel, die tief in Ivankas Koffer versteckt war, die disziplinierten Polen gingen vorbei, gewohnt, dass ihr Leben nicht allzu viel wert ist, dass man mit wenig zufrieden sein muss, so gingen sie und schaufelten sich die Teller voll, lachend, den Blick in eine glücklichere Zukunft gerichtet, gingen sie, glücklich, weil ihnen niemand was verbietet, niemand sie schlägt oder schmäht, so wie sechzig Jahr zuvor ihre Großväter, die mit Seife in den Händen und einem Handtuch über der Schulter nach der langen Fahrt im Viehwaggon in die modernsten deutschen Duschen gingen. Er sah sie, der Professor, behext von ihrer Disziplin, er sah sie und konnte nicht glauben, dass diese Polen zum zweiten, dritten, hundertsten Mal in einem Jahrhundert so leicht an der Nase herumzuführen sind. Und da sitzen sie, glücklich und zufrieden kauen sie Wiener Schnitzel und zermalmen kroatische Sarma, während ihnen die Restaurantbesitzer bezaubert zuschauen und denken, dass ihre kroatischen Kinder sich an diesen fünfzehn Tage alten und fünfzehnmal aufgewärmten Wiener Schnitzeln vergiften würden, aber schau, die kleinen Polen essen sie, und es passiert ihnen nichts. Denn würde ihnen was passieren, würden ihre Eltern im nächsten Jahr bestimmt nicht wiederkommen, aber sie kommen wieder, bei Gott, und kommen immer wieder, Jahr um Jahr, glücklich, weil der Kommunismus gestürzt ist und sie jedes Jahr zu ihren Brüdern im Süden mit ihren Nationalgerichten, den Čevapčićis und Moussakas fahren dürfen, in denen – so wie das Polentum in Chopin und Sienkiewicz – unser ganzes Kroatentum enthalten und verkörpert ist. Das, wodurch wir uns als

›61‹

Kroaten fühlen, worauf wir am meisten stolz sind und wofür wir jeden, der es uns nehmen wollte, verprügeln würden, macht uns gleichzeitig zu österreichischen Analphabeten und türkischen Wilden. Das weiß Professor Karlo Adum, aber ihm würde nie einfallen, es laut zu sagen. Denn was sollte er tun, hätte man ihn so reden gehört, wie sollte er erklären, wer er ist und warum er so von den Kroaten und dem Kroatentum denkt. Es ist nicht wichtig, dass er das nur denkt, wenn es um Sarma und Strudel geht, die widerlichsten unserer Spezialitäten, labberiger als Nudeln und schlechter als unreifer Kuhkäse, Spezialitäten, die nicht aus einer unserer Regionen stammen, sondern aus dem Hotel Esplanada, denn unsere Identität ist vor allem die von Zimmermädchen und Empfangschefs, im historischen Sinn sind wir Kellner, die nur auf ein gutes Trinkgeld aus sind, und dafür, siehst du, dafür haben wir sogar drei Wörter: trinkgelt, bakschisch und napojnica, und wir haben auch unseren Staat immer nur als ein Trinkgeld bekommen, zuerst von Hitler und dann auf noch groteskere Weise von Franjo Tuđman. Kroaten sind bei Vukovar und in der bosnischen Posavina mit dem Namen Tuđman auf den Lippen und der Dankbarkeit eines Kellners im Herzen gefallen, dachte Professor Adum, aber er schwieg wie ein Grab. Er wusste, wie teuer ihn ein falsches Wort zu stehen kommen konnte. Er spürte die Empfindlichkeit der Kroaten, was wiederum bedeutete, dass er selbst ein echter Kroate war. Kroaten liegt es im Blut, dass sie empfindlich sind und schweigen, um andere Kroaten nicht zu verletzen. Ihre Rücksichtnahme kennt keine Grenzen, und deshalb hätte der Professor nie laut gesagt, dass die Sarma aus der Türkei und Serbien, dass das Wiener Schnitzel aus Österreich kommt, dass der Grenadiermarsch und die Moussaka Formen der kroatischen kulturellen und zivilisatorischen Anverwandlung und Vermengung, aber definitiv nicht ursprünglich kroatisch sind und dass schließlich ziemlich wenig auf dieser Welt rein kroatisch ist, außer zum Beispiel der Ustascha. Die ist rein kroatisch.

Er marschierte auf dem Parkett der Mona Grazia und sang das Kampflied von des Führers Falken, und Mama Cica tanzte ausgelassen im Takt …

Er trank den Kaffee aus, saß noch ein Weilchen, bis die Polen von ihren Tischen und Stühlen aufstanden und alle gleichzeitig zu ihren Bussen strömten. Er sah ihnen nach und dachte an ihre Mägen. Er dachte, dass es nicht leicht war, Pole zu sein, denn dann steckst du drin und siehst nicht weg wie ein Junge in einer kleinen schwarzen Uniform.

Er warf die Pistole ins Handschuhfach und drehte den Zündschlüssel.

So langsam er auch fuhr, Slavonski Brod kam immer näher und mit ihm die Grenze, über die er fahren musste. Er verstand seine Angst nicht, er wusste schon selbst nicht mehr genau, wovor er alles Angst hatte, aber er musste fahren, es gab nicht die Möglichkeit zur Umkehr, denn er ließ nichts zurück, alles war tot oder Vergangenheit, war ein Taschenspielertrick, mit dem er sich selbst hereingelegt hatte, als er sich vor langer Zeit nicht getraut hatte, und deswegen musste er jetzt diese Grenze überfahren, gleichgültig, was dieser Übertritt bringen mochte.

Eine neue und sehr konkrete Angst erfasste ihn, als er daran dachte, dass die bosnischen Polizisten oder Zollbeamten die Pistole finden könnten. Er erinnerte sich an einen amerikanischen Film, in dem ein Tourist in der Türkei mit einem Bröckchen Haschisch erwischt wird. Ob es ein Spiel- oder ein Dokumentarfilm war, daran konnte er sich nicht mehr erinnern, auch nicht daran, woher der Amerikaner das Haschisch hatte – zumal der Professor zu den Menschen gehörte, die nur schwer glauben können, dass ein ehrlicher, normaler Mensch auch nur weiß, was Haschisch ist –, aber er hatte sich sein eigenes Entsetzen genau gemerkt und das tiefe Mitleid mit einem Mann, der in ein türkisches Gefängnis muss unter türkische Mörder, Vergewaltiger und Kinderschänder, unter Leprakranke und Syphilitiker, mitten in eine fremde Sprache, von der er nicht ein Wort verstand, der Professor hatte sich das Entsetzen gemerkt, unter Tausenden von fremden Menschen einsam zu sein, einsamer als Robinson, eine Hölle, schrecklicher als die aus Schwefel und Feuer, die Gott den Sündern zugedacht hat. Aus Sicht des Professors war die Hölle der Türken schlimmer als der Tod.

Wenn sie die Pistole fänden, müsste er sich auf der Stelle umbringen. Aber wie, wenn sie ihm die Pistole wegnahmen? Ihm stand der kalte Schweiß auf der Stirn,

auf der Autobahn fuhr er kaum fünfzig Stundenkilometer, ringsum hupten und winkten erzürnte Renn-
fahrer, mit einem Dampfschifftuten überholten ihn auf-
gebrachte türkische Lastwagenfahrer, auf allen Seiten
kochte und brodelte das spätsommerliche Babylon,
gnädiger und geduldiger sind nur die Fahrer mit Belgrader Kennzeichen oder aus Novi Sad, sie hupen und
winken nicht, sondern machen sich so unsichtbar wie
möglich, damit sie so schnell wie möglich die serbische
Grenze erreichen und wieder zu Hause sind, Barbaren
werden, die nach Schnaps und Zwiebeln stinken und
hupen, was das Zeug hält. Wie kastriert sind doch die
Serben, wenn sie sich auf kroatischem Boden befinden!
Aber der Professor bemerkte sie nicht. Er überlegte,
wie er sich umbringen könnte, wie er sich die Pistole
schnappen, sie dem Zöllner aus den Händen reißen und
sich in den Mund schießen könnte. Er überdachte die
Bewegungen, die er machen müsste, die Geschwindigkeit und Kraft, die nötig wäre, und es schien ihm schon
möglich zu sein, vor allem wenn der Zöllner ein nicht
allzu starker Bosnier wäre.

Wenig später fand er es albern. Er hatte noch immer
Angst, war in kalten Schweiß gebadet, aber er musste
über die Vorstellung lachen, dass ein Zöllner ein dreißig
Jahre altes Auto und den alten Mann, der es fährt, aus-
einandernimmt. Und wie er so lachte, beschleunigte er
leicht.

Er stoppte vor dem Zahlhäuschen an der Ausfahrt
Slavonski Brod. Auf den endlos langen Autobahnen in

Deutschland, die Hitler in der Zeit vor der Massenvernichtung der Juden gebaut hatte, als ihn Briten und Amerikaner noch als Freund betrachteten, der sie vor dem Kommunismus und den semitischen Wucherern bewahrt, auf Hitlers Autobahnen also steht in ordentlichen weißen Druckbuchstaben auf Schildern in ein und demselben Blau und Alter »Ausfahrt«. Ausfahrt ist viel präziser als »Ausgang«, wie der kroatische Begriff *izlaz* buchstäblich übersetzt hieße, in »Ausfahrt« schwingt etwas mit, das dem Rhythmus des Reisens vollkommen entspricht, und der Professor dachte, auch bei Slavonski Brod müsste statt *izlaz* Ausfahrt stehen. Dann würden die Autofahrer den Sinn einer Autobahn besser verstehen, auf der weder Viecher herumlaufen noch überfahrene Katzen und Hunde kleben dürften, sondern die sauber, grau und farblos wie der Zen und mit einem Koan jede Autofahrt zur geistigen Übung machen sollte, zur Meditation, zum Schwelgen in der Erfahrung des Heiligen Geistes, vor dem der Mensch unbedeutend und beinahe vernachlässigbar klein wird, auch wenn er zugegeben im Fall eines Unfalls eine ziemlich große Blutlache hinterlässt. Für diesen Heiligen Geist hat Hitler seine Autobahnen gebaut, der Deutsche sollte begreifen, wie unendlich unbedeutend er vor dem unendlichen Deutschtum war, und auch nachdem er sie über die Ausfahrt verlassen hatte stets bedenken, dass wirklich und wichtig nur das ist, was in der Anonymität und Nichtanwesenheit entlang der Autobahn geschieht, während alles andere, die Bunt-

heit der Erscheinungen und der Schmerz der persön-
lichen Lebenserfahrung, unwichtig und vorübergehend
bleibt: Vergangen, noch bevor es sich ereignet hat.

Vor dem Häuschen wartete eine Schlange von zwanzig Automobilen. Als wären wir mitten in der Hoch-
saison, ärgerte sich Professor Adum. Lieber Gott, wie
muss das erst im Juli oder Anfang August sein, wie
lange muss man da warten? Da siehst du mal wieder,
was für ein wunderliches Ding die Sprache ist, räso-
nierte er weiter mit sich selbst, wohl getragen von dem
Stolz auf die Entdeckung Ausfahrt/*izlaz*: Wenn du die
sommerliche Hitze im Sinn hast, sprichst du von Heumonat und Erntemonat, aber wenn es um die Hochsai-
son geht oder um die Autoschlangen an der kroatischen
Grenze im Sommer, dann werden aus Heumonat und
Erntemonat Juli und August. Die Sprache hat ihre eigene
Vernunft, der Professor war von seiner Entdeckung
ganz begeistert, sie weiß, dass zu dem Knattern der Mo-
toren Juli und August irgendwie besser passen, während
Heumonat und Erntemonat näher an Ökologie und
Natur sind.

Am Anfang der Kolonne stand ein Sattelschlepper,
und nichts ging voran. Aus den Fenstern schauten Fah-
rerköpfe heraus, winkten dem Mann im Zahlhäuschen
zu, boten ihm Geldscheine an, die dieser nicht annahm,
dann mischten sich andere ein, offenbar handelte es sich
um ein Missverständnis oder einen Streit, ihn interessierte, was es nun war, er wäre so gern ausgestiegen, aber
sobald er ausstieg, das war klar, würde es weitergehen.

Einige fingen an zu hupen, also hupte auch der Professor zweimal. Die Volvo-Hupe klang etwas altertümlich, lauter als die anderen, sie hatte einen Ton wie die Blechbläser in einer Symphonie von Gustav Mahler. In seiner Hupe klang eine irgendwie bessere und insgesamt solidere Zeit durch, die, so die Meinung des Professors, mit der Belle Epoque und den Wiener Ästheten-Cafés der Jahrhundertwende angefangen und mit den Studentenunruhen im Sommer 1968 aufgehört hatte. Seit diesem Sommer spielten die Philharmoniker falsch, und die europäische Automobilindustrie begann mit der Produktion von Standardautos.

Die Studentenunruhen waren in den Augen des Professors noch für so einiges verantwortlich!

Er dachte an das Jahr, in dem sich in seinem Leben etwas bewegt hatte, oder vielleicht hatte er auch nur den Eindruck gehabt, es bewege sich, an das Jahr 1975, in dem er den Volvo gekauft und sich um eine Stelle an der Philosophischen Fakultät, Fachbereich Geschichte, beworben hatte. Er wollte als Assistent von Professor Ivkov am Lehrstuhl für Zeitgeschichte anfangen, aber da er den Magister bereits hatte, konnte es von da ziemlich schnell aufwärtsgehen. Im Nu wäre er Dozent, dann Professor, Ivkov war schon alt und kränklich, seine Leber war angeschlagen, er brauchte einen vertrauenswürdigen Mitarbeiter, dem er den Lehrstuhl übergeben konnte. Damals, im Herbst 1975, nur ein paar Jahre nach Maspok, dem Zagreber Frühling, konnte niemand vertrauenswürdiger sein als er. Er war seit achtundfünfzig Mitglied des Bundes der Jugoslawischen Kommunisten, hatte an der Arbeitsaktion der Jugend für den Ausbau der Autobahn Belgrad-Niš, später auch der Melioration in Makedonien teilgenommen, er war 1968 und 1971 zur rechten Zeit am rechten Ort, Genosse Šušnjar persönlich schlug ihn für die Ideen-Kommission des ZK vor, er wurde mit den meisten Stimmen gewählt ... In dieser Zeit hatte er eine Biografie wie sonst niemand in Zagreb, ja, in Kroatien, und der alte Ivkov wollte ihn als seinen Nachfolger.

Als er ohne Angabe von Gründen nicht genommen wurde, als ihn an der Fakultät alle mieden und alle, an deren Tür er klopfte, ausweichend antworteten, ging Professor Adum direkt zu Šušnjar, damals Vorsitzender des SIZ für Kultur und Bildung, er wolle bei ihm in Erfahrung bringen, und Genosse Šušnjar, seines Zeichens Professor für Soziologie, möge bitte offen antworten, von Genosse zu Genosse, von Kollege zu Kollege, was vorgefallen sei.

Er traf ihn in seinem Büro an, die Rollläden waren heruntergelassen und die Schreibtischlampe brannte. Draußen war ein schöner, sonniger Tag, einer jener Herbsttage, in denen Zagreb in seinem ganzen Glanz vom Barock über Jugendstil und Glas funkelt und wie die Glühbirne Nachtfalter und Stinkkäfer unsere Provinzler anzog, die anschließend, geblendet von Zagreb, für die kroatische Nationalfrage starben. Aber gut, obwohl auch Šušnjar aus der Provinz kam, aus Imotski oder von jenseits der Grenze aus Gruda, das kam nie heraus, gefiel ihm das Zagreber Tageslicht nicht besonders. Mit roten Augen, riesigen Tränensäcken und hängenden Backen, einer Bulldogge nicht unähnlich, mit einer auffälligen, weichen Unterlippe, die in der Phantasie des Professors auf eine Person hinwies, die in einst zum Osmanischen Reich gehörenden Gebieten geboren war, saß er in einem schwarzen, geschnitzten Stuhl, den Izidor Kršnjavi für seinen Hintern hatte anfertigen lassen, aber da Šušnjars Hintern offensichtlich weniger voluminös war als Krnšnjavis und er auch insgesamt kleiner war, war ihm der Stuhl offensichtlich zu hart, aber Šušnjar rutschte weder darauf herum noch suchte er nach einer bequemeren Haltung, sondern saß entschlossen da, wohl in dem Glauben, eines Tages, wenn er nur lange genug durchhielt, würde sich der Stuhl seiner Gestalt angepasst haben und weicher werden. Genosse Šušnjar war auch in diesem Punkt der vollendete Kultusminister.

Die Ellenbogen hatte er auf den Tisch gestützt, der aus der gleichen Zeit wie der Stuhl stammte und für ihn ein wenig zu hoch war, so dass seine Schultern fast bis zu den Ohren reichten und den Eindruck vermittelten, er hätte einen Buckel.

Aber er sah ihn weder verächtlich noch von oben herab als kleinen Mittelschullehrer an. In Adum sah er wie in allen anderen Menschen einen Gleichgestellten, auch in diesem Punkt ein konsequenter Kommunist. Mit Šušnjar konnte man immer offen reden, er missbrauchte nie, was er hörte. Er ließ niemanden verhaften, obwohl er es gekonnt hätte, viele Verhaftete hat er vor langjähri-

ger Zwangsarbeit bewahrt, während er aus der Zwangsarbeit Entlassene in städtischen Bibliotheken, Museen
und Theatern beschäftigte. Einen, der sich über die Lei-
besfülle von Jovanka Broz lustig gemacht und daraufhin seine Arbeit als Marxismuslehrer verloren hatte,
stellte Genosse Šušnjar als Souffleur ein. Der Vorfall
wurde lachend weitererzählt. Wahrscheinlich hatte er
ihn genau deswegen als Souffleur eingestellt. Genosse
Šušnjar war ein geistreicher Mann, aber mehr noch war
ihm daran gelegen, dass man ihn für geistreich hielt und
selbst seine Feinde über seine Scherze lachten.

Er stand nicht auf, als Adum in sein Büro trat. Er
hatte Wasser im Knie.

»Wenn man einen Brunnen gräbt, kann da keine er-
giebigere Wasserader drin sein wie in meinem Knie.
Wasserader, weißt du überhaupt, dass das auch Ader
heißt? Bestimmt nicht, du kommst aus der Stadt.«

»Doch, doch, natürlich weiß ich das, es gibt ja auch
Goldadern.«

»Du liest also Westernromane?«

»Ach verflucht, Goldadern kommen doch nicht nur
in Western vor.«

»Schau an, ein aufgeklärter Arbeiter, der flucht. Und
will auch noch in den Hochschulbereich, an die Universität. Du musst deine Zunge hüten, die Alma Mater
von Zagreb ist keine Dorfschenke, die irgendwie be-
setzt wird.«

»Ich bin nicht gewählt worden, deswegen bin ich
hier, sag mir, warum sie mich nicht genommen haben.«

›71‹

»Ich's dir sagen!« Šušnjars Unterlippe hing noch stärker herab, als flösse Honig aus seinem Mund, »aber ich habe dich doch nicht vorgeschlagen, damit ich dir hinterher sagen kann, warum ich dich nicht gewählt habe. Aber selbst dann würde ich es dir nicht sagen. Du wirst schon mal von Hochschulautonomie gehört haben, die Professorenschaft entscheidet sich für ihren Kandidaten. Da hat weder das Komitee noch das Politbüro, noch der Marschall was mitzureden, wenn ein neuer Universitätslehrer gewählt wird.«

»Das weiß ich alles, aber ich möchte wenigstens eine Ahnung haben, warum ich nicht genommen wurde.«

»Ahnung, sagst du, ein poetisches Wort ist das.«

»Egal, bitte sag's mir.«

»Weißt du, woher dein Familienname kommt?« Šušnjar wurde plötzlich ernst.

»Irgendwo aus Bosnien.«

»Aus Travnik, genauer, aus Dolac bei Travnik, wo auch der Schnösel von Ivo Andrić herkommt, aber danach habe ich nicht gefragt, sondern ob du weißt, du Adum, von welchem Wort dein Nachname abgeleitet ist?«

»Mein Gott, nein«, er wurde immer vorsichtiger, denn wenn man Šušnjar in einem Punkt nicht in die Quere kommen durfte, dann in seinem Wissen über Nachnamen und deren Herkunft. Er erkannte am Nachnamen von jedem Kroaten und Serben, aus welcher Gegend er stammte und auf welcher Seite seine Familie im letzten Krieg gestanden hatte.

»Du bist kein Adum, sondern ein Hadum, aber das H hat sich verloren, weil sich das H bei den Serben, aber auch bei den Kroaten, die den Serben allmählich allzu sehr ähneln, will heißen bei den bosnischen Kroaten, immer verliert. Wer weiß, warum die Serben was gegen das H haben. Aber lassen wir das jetzt, im Kern bleibt es sich gleich, ob Adum oder Hadum, mein lieber Karlo, du bist eigentlich ein Eunuch oder ein Kastrat. Das ist die Bedeutung von deinem Nachnamen, und wenn du mich schon fragst, ist das auch der Grund, warum sie dich nicht genommen haben. Sie sagten, die Studenten hätten dich abgelehnt. Du bist in der Geschichte der Hochschule der Erste, der nicht gewählt wurde, weil ihn die Studenten nicht wollten. Soviel kann ich dir sagen, wenn du schon darauf bestehst.«

Während Šušnjar sprach, drehte sich das Zimmer um Adum. Murtićs Ölbild und Radaušs Skulpturen tanzten um seinen Kopf, die grünen Rollos, durch die klein wie Reiskörner Sonnenstrahlen brachen, der schwarze Tisch, das goldene Tintenfass und die Feder darin, die Zora-Gesamtausgabe der Werke Krležas, die zusammengerollte Belgrader *Politika* in der Tasche des Mantels, der an dem Kleiderständer hing, der wie alles andere nach den Vorstellungen und Vorgaben von Izidor Kršnjavi angefertigt worden war.

Er hatte sich lange über das, was ihm Genosse Šušnjar damals gesagt hatte, den Kopf zerbrochen. Es war die in einen Scherz verpackte Beleidigung. Er hatte seinen Namen später in einem Wörterbuch für Turzismen nachgeschlagen, das in Sarajevo erschienen war, und tatsächlich stand dort Eunuch oder Kastrat. In derselben Reihenfolge, die Šušnjar benutzt hatte. Er hatte darüber nachgedacht, was die Studenten dazu gebracht haben mochte, ihn von der Liste zu streichen, warum sich der alte Ivkov nicht mehr bei ihm gemeldet hatte und ob ihn Šušnjar in diesem Sinn einen Eunuchen genannt hatte. Aber er dachte auch über einen Aspekt nach, der für ihn wichtiger und die deutlich größere Beleidigung war: Genosse Šušnjar wusste ganz genau, dass Ivanka und er keine Kinder haben konnten, und trotzdem hatte er ihn ohne die geringste Scheu und Scham Eunuch genannt.

Es war ein wunder Punkt, der ihn noch 1990 schmerzte; mehr als einmal hatte ihm die Frage an Šušnjar auf der Zunge gelegen, ob es ihm später leid getan habe, aber er traute sich nicht, fürchtete, wieder zynisch abgefertigt zu werden. Nach 1990 hatte er, wenn er Šušnjar zufällig auf der Straße traf, nicht mehr gegrüßt, sondern ausgespuckt, denn Šušnjar hatte während der Schlacht um Vukovar öffentlich geäußert, in diesem Krieg gebe es auch auf kroatischer Seite Verbrecher, und hatte damit seinen ehemaligen Genossen, Professor Adum eingeschlossen, einen hervorragenden Vorwand geliefert. Mit ihrer öffentlichen Ächtung konnten sie demonstrieren, dass sie nie etwas mit Šušnjar zu tun gehabt hatten. Als Šušnjar 1996 starb, mitten auf der Straße umfiel, dahingerafft von einem Herzinfarkt, erzählte Professor Adum zum ersten Mal von dem Vorfall 1975. Allerdings hatte er etwas vergessen oder absichtlich verdreht, denn er erzählte, Šušnjar habe ihm als Grund, warum er von der Fakultät nicht gewählt worden sei, genannt, die Genossen hätten ihn für einen Eunuchen gehalten. Die Geschichte mit dem Nachnamen ließ er unter den Tisch fallen. Seine Zuhörer 1996 waren entsetzt, und so plauderte Professor Adum Šušnjars ekelhaftes Betragen nach allen Seiten aus, passte allerdings gut auf, dass die Geschichte nicht bis zu Ivanka durchdrang. Sie schützte er immer noch vor seinem eigenen Charakter.

Er stand also in der Schlange vor dem Zahlhäuschen, hinter dem Sattelschlepper, der den Stau verursacht hatte, hupte und freute sich über den reinen Klang der Volvo-Hupe. Wie Mahlers Symphonie Nummer 1, der *Titan*, oder besser noch seine wilde, laute Auferstehungssymphonie; ohne eigene Kunst, aber mit der Begeisterung des Zuhörers hupte Professor Karlo Adum bei offenem Fenster und genoss es, dass sich seine Hupe deutlich von dem hässlichen Bakelit-Quieken abhob, von dem jämmerlichen Winseln der teuren, unfertigen Bastardprodukte der postmodernen Automobilindustrie, die nur noch zitiert und repliziert, aber in Details, Einzigartigkeit und Persönlichkeit vor lauter Zitieren und Eklektizismus so ununterscheidbar wird wie eine chinesische Militärparade.

Und während er so hupte, öffnete ein großer Mann mit einem lächerlichen Pferdegesicht wie Ruud van Nistelrooy die Tür seines Autos, ging zum Volvo und beleidigte den Professor mit einem starken, schwer verständlichen, weil nur in Zagreb geläufigen Schimpfwort, von dem der nur den letzten Teil verstand:

»… hau dir die Zwickse in die Augen, wenn du nicht aufhörst!«

Er stellte sich vor, dass ihm Nistelrooy den Huf ins Gesicht schleuderte und das Brillenglas ins Auge splitterte. Garantiert ein Freiwilliger, dachte er, die dürfen machen, was sie wollen, oder ein Unternehmer im Wachstum, die bersten vor Selbstvertrauen.

Aber er blieb ruhig und hupte kurz darauf wieder, dieses Mal ganz lange, damit Nistelrooy ihn auch ja erkannte und nicht mit jemand anderem verwechselte, aber der kam nicht mehr aus seinem Auto. Er hatte gesagt, was er zu sagen hatte, hatte den Huper beleidigt, und jetzt war er wieder friedfertig. Und zwar kroatisch friedfertig!, dachte der Professor zornig.

Und was, wenn er die Pistole herausholt und zu dem rüberspaziert, mit dem Griff an die Scheibe klopft und nachfragt, was Zwickse eigentlich heißen soll? Ob das eine Brille sei oder was anderes. Und wenn er tatsächlich eine Brille meine, ob es für gute Umgangsformen spreche, einem alten Mann zu drohen, seine Brille zu zertrümmern und ihm die Glassplitter in die Augen zu drücken?

Dann werden wir mal sehen, was der große Ruud van Nistelrooy dazu zu sagen hat! Und ob ihm die Pistole gefallen wird.

Natürlich machte er das nicht, er stellte es sich nur

vor und genoss die Vorstellung, und ihm ging wie schon mehrfach durch den Kopf, dass es wirklich schade war, dass er sein Leben gelebt und nicht geahnt hatte, wie sehr sich ein Mann mit Pistole von einem Mann ohne Pistole unterscheidet. Über diesen Unterschied könnte man, wie er jetzt wusste, ganze Bücher schreiben. Alles Geschriebene, auch alle Geschichtsbücher, sollte genau genommen neu geschrieben werden für Menschen, die eine Pistole bei sich haben, fremden Augen verborgen, eine Pistole, die nie abgefeuert, nie herausgeholt werden muss, wichtig ist nur, dass man sie in der Hosentasche hat und gegen jede Verurteilung geschützt ist, dass sie einem Ruhe gibt und eine Melancholie wie ein Gedicht von Hölderlin.

Daraufhin bewegte sich der Lastwagen endlich, die Schlange tröpfelte langsam und gleichmäßig auf die andere Seite der Barriere, sie floss aus wie eine Infusion, und als er an der Reihe war, hatte er seine Angst vor der Grenze fast völlig vergessen. Er wusste, dass sie ihn nicht durchsuchen würden, er sah sein Gesicht im Rückspiegel, glaubte sich geschützt vor den Männern in Uniform, weil sie Mitleid mit seinen Jahren haben würden. Wenn er ernst blieb, sah er wie ein Siebzigjähriger aus, gut erhalten, aber trotzdem siebzig. Als er noch unterrichtete, die letzten zwei, drei Jahre im Schuldienst, gab es Eltern, die nicht glauben wollten, dass er nach dem Gesetz längst in Rente sein müsste, und protestierten, weil der senile Kerl ihren Kindern Sechsen gab. Sobald er lachte, wirkte Professor Adum mindestens zehn Jahre jünger. Er selbst kam sich vor wie einer dieser über Hundertjährigen aus Peru oder Bolivien, wo ein BBC-Team den ältesten Mann der Welt entdeckt hatte.

Kurz vor der Grenze verzog er sein Gesicht zu einem Lächeln, als sehe er eine rührselige Szene aus einer romantischen Komödie und könne jeden Moment in Tränen ausbrechen oder auch laut herauslachen.

Die schönäugige, rotwangige Grenzpolizistin, ein slawonisches Mädchen von kaum achtzehn Jahren, bemühte sich um einen strengen Gesichtsausdruck, aber es gelang ihr nicht so recht. Panisch sah sie den Alten an und gab ihm seinen Pass nicht zurück, sondern hielt ihn in der Hand, als müsste sie ihm noch eine Frage stellen, aber welche? Der Professor regte sich nicht im mindesten auf und änderte auch nicht im mindesten seinen Gesichtsausdruck, er lächelte sein lautloses Methusalem-Lachen, bis sie ihm das blaue Büchlein reichte und stotternd sagte:

»Seien Sie vorsichtig, es wird bald dunkel.«

Wer weiß, was die Ärmste bei diesen Worten im Sinn hatte, ob er sie an den Großvater erinnerte oder einen Alten aus ihrem Dorf, der spät in der Nacht durch die Gegend gelaufen, in einen Graben gefallen und wegen der eisigen Kälte erfroren war. Auf jeden Fall würde die Grenzpolizistin so etwas wohl kaum zu einem anderen sagen.

Er fuhr über die Brücke. Unter der Brücke floss die Save, dieselbe Save, die Zagreb in Altstadt und Neustadt teilte und die er jahrelang überquert hatte, wenn er aus Zapruđe zur Arbeit in die Schule ging. Wir werden einmal, so hatte er damals gedacht, in den alten Teil der Stadt ziehen, dahin, wo Universitätsprofessoren, Politiker, gebürtige Zagreber oder die alles in allem erfolgreichen Leute wohnen. Auch daran hatte er gedacht, als er im Herbst 1975 versuchte, Assistent von Ivkov zu werden. Aber es hatte nicht sollen sein, also lebte er weiterhin im Ghetto der Erfolglosen, dort, wo die Zugereisten wohnen, die sonntags weder zu Verwandten essen noch zu Theater-Matineen gehen, dort, wo die Menschen wohnen, die sich ihre Genehmigung selbst erteilen müssen, abends, wenn sie sich schlafen legen, dort, wo die Menschen wohnen, die zu Zeiten Jugoslawiens unvollendete Jugoslawen waren und heute ebenso unvollendete Kroaten sind, weil sie in dem Zagreb jenseits der Save wohnen, dem Zagreb, das in Wirklichkeit ein Jugoslawien im Kleinen ist. Novi Zagreb ist wie ein Friedhof für Bastarde, die außerhalb des Bereichs für die getauften Seelen bestattet werden.

Aber hier sah die Save anders aus, gefährlicher, tiefer und dreckiger. Auf der anderen Seite, auf die er nun fuhr, sah man dreckige, graue, mehrstöckige Häuser, Ruinen, aus denen Bäume wuchsen, eine dreckige, unordentliche Uferstraße mit verrosteten Laternen und zerbrochenen Lampen, die offensichtlich noch in sozialistischer Zeit gesetzt worden waren. Das war also Bosnien. Ihn überlief ein Schauder bei dem Anblick, aber nicht schlimm, unblutig – wie der Dichter sagen würde. Er hatte sich damit abgefunden, den Fluss zu überqueren, zusammen mit dem einzig wertvollen Ding, das er noch besaß und von dem er sich befreien wollte, deswegen hatte er sich ja auf diese Reise begeben. Für einen kurzen Moment empfand er Mitleid mit dem Volvo, der zum ersten Mal in seinen dreißig Jahren nach Bosnien kam, jenes Land, das die Mutter mit dem dreizehnjährigen Karlo einige Tage nach dem Tod seines Vaters verlassen hatte, und er hatte bis vor drei Tagen geglaubt, er würde niemals zurückkehren und niemals Bosnien besuchen, nicht einmal für kurze Zeit, er wollte nicht an Bosnien denken, sich nicht daran erinnern, er wollte aus seiner Erinnerung so viel wie möglich tilgen, die frühe Kindheit, und die wenigen Jahre danach, alles, was ihn an Leid und Unglück erinnerte, an Hunger und Kinderkrankheiten, Lungenentzündung, Diphtherie, Scharlach, Keuchhusten, Windpocken, Johanniskraut, an Sarajevo tief im vom Fluss eingegrabenen Talkessel und an Worte, aus denen die Selbstlaute geflohen sind, so dass sie dumpf wie eine Drohung und die Splitter explodierter Bomben herabprasseln. Der Professor betrauerte die tote Maschine seines alten Autos, das kurz vor seiner Verschrottung durch ein Land fahren musste, aus dem er geflohen war.

Der bosnische Zöllner sah aus wie der Ukrainer, der ihn vor einem Dutzend Jahren an der ungarischen Grenze aufgehalten hatte, als er zu einem kroatisch-ukrainischen Freundschaftstreffen nach Kiew fuhr. Der Ukrainer hatte ihn mit der kalten Verachtung eines

Gulag-Verwalters angesehen, die nur noch größer wurde, als ihm Professor Adum in seinem gepflegten Russisch etwas von kroatisch-ukrainischer Freundschaft erzählte. Alle Polizisten in unglücklichen und armen Ländern, in Diktaturen und korrupten Oligarchien werden bei Wörtern wie Freundschaft nervös. Dieser Ukrainer damals hatte ihn weggescheucht wie den letzten Straßenköter, und dieser Bosnier fragte:

»Was anzumelden? Aufenthaltsort? Grund der Reise?« Geschickt wich er Phrasen aus, bei denen er sich direkt an den Angeredeten hätte wenden müssen, um sich seiner eigenen administrativen Überlegenheit nicht zu berauben und zu einem alten Mann Sie und Herr sagen zu müssen.

Er winkte ihn durch, als würde er eine Schmeißfliege verscheuchen, und so fand sich Karlo Adum in Bosnien.

Eine lehmverschmierte Asphaltstraße voller Schlaglöcher führte durch die Stadt. In Bretterbuden, zusammengezimmert aus ein paar Maurerbohlen, wurden CDs mit Filmen und Musik verkauft. Die Händler winkten ihm, er solle anhalten, mit Gesten beschrieben sie, was ihr Stand zu bieten hatte. Sie imitierten mit unsichtbaren Gitarren Gitarrenspieler, malten Frauenbrüste, größer als die allergrößten, und ein alter Mann, deutlich älter als der Professor, zeigte mit dem Finger auf ein Plakat von Anna Nicole Smith, das mit Reißzwecken an die Wand des Kioskes gepinnt war, faltete dann die Hände wie zum Gebet und verdrehte die Augen gen Himmel.

Es sah aus, als würde er in diesem Moment sterben, nachdem er all seinen Besitz, eine Bretterbude in dieser Wüstenei am Ende der Welt und ein faules Maisfeld, ausgesät auf Antipersonenminen, dieser drittklassigen Männermörderin vermacht hätte, deren Vulva eine erstklassige Euthanasiemaschine ist. Anna Nicole Smith ersetzt den Lapot: Einst in der schlimmen Zeit führten die Söhne ihre kraftlos gewordenen Alten in den Wald und schlugen ihnen in einem unerwarteten Moment kräftig mit einem speziellen Holzhammer auf den Hinterkopf, und heute kommen aus Amerika digitalisierte Aufnahmen von solchen Frauen, die nachweislich besser wirken als der Lapot, sie töten sauberer und schmerzloser.

Der Professor drehte sich nach dem Onkel um, der vor dem Plakat der Anna Nicole Smith betete. So einen hatte er seit Jahren nicht gesehen. Er trug den gleichen langen Schnurrbart wie Vuk Karadžić, war klein und krummbeinig, steckte in olivgrünen Pluderhosen, hatte eine Šajka auf dem Kopf, gerade als sei er gestern von der Front in Griechenland zurückgekehrt und danke jetzt in der heimatlichen Dorfkirche der Ikone der Muttergottes Tricheirousa, dass sie ihn vor Krankheit und den Kugeln der Deutschen bewahrt habe. Genau genommen hat es solche Physiognomien und Gestalten auch vor dem Krieg nicht gegeben. Jugoslawien war ein reiches Land, in dem die Armen wie die Armen im Westen aussahen und städtische, nicht bäuerliche Lumpen trugen. Greise mit Šajkas sah man nur in Monografien über Zejtinlik, den serbischen Soldatenfriedhof bei Thessaloniki, und bei Folkloreaufführungen in Guča.

Er blickte sich um und fühlte sich so sicher wie ein tschechischer Tourist kurz nach dem Grenzübertritt mit hundert geschmuggelten Dosen Leberpastete.

Schnell verschwanden die Stadt und die Bretterbuden mit den CDs. Rechts der Straße verrosteten die Schornsteine einer Raffinerie. Ein Verkehrsschild mahnte in Übereinstimmung mit Theorie und Praxis der internationalen Verteidigung und des gesellschaftlichen Selbstschutzes, das Fotografieren sei strengstens verboten.

In dem grauen, undurchdringlichen Gestrüpp, einem Urwald aus Unkraut, stand alle fünfzig Meter ein Schild mit Totenkopf, ein Warnhinweis, dass das Gelände vermint war. Unsere Leute haben besondere Ehrfurcht vor dem Totenkopfsymbol. Für andere Völker ist es nur ein Zeichen für Todesgefahr, das Emblem der Piraten, der Heimatlosen auf hoher See, die sich von jeder Flagge losgesagt haben, oder auch nur ein Zeichen für die jugendliche Unangepasstheit pickeliger Jungen, die in Alabama, New Mexico oder Texas Totenköpfe ins Schulheft zeichnen und auffallen wollen, und wenn ihnen das nicht gelingt, stehlen sie ihrem Vater das automatische Gewehr, mit dem der jedes Wochenende mexikanische Einwanderer, Bären oder Wildschweine jagt, und erschießen im Schulhof ein gutes Dutzend Jungen und Mädchen, bis ihnen Spezialkräfte der Polizei, natürlich in Notwehr, mit einem Dumdum-Geschoss den Verstand und den Dickschädel ausblasen. Später werden ihre in Notenhefte und Katechismen gemalten Totenköpfe von den angesehensten Kinderpsychologen studiert und beurteilt, woraufhin sie in der Regel Computerspiele, Clint Eastwood oder Osama bin Laden für die Degeneration der Phantasie des Jungen verantwortlich machen, obwohl der einfach nur frustriert war, weil keiner ihm mal gesagt hat, wie schön er zeichnet.

Aber bei uns haben Totenköpfe eine viel tiefere Bedeutung. Hier wird dieses Symbol als Zeichen der Auserwähltheit durch Aufopferung, der Ketzerei im Namen Gottes, der bewussten Entscheidung für die Hölle verehrt. Wenn es uns drängte, etwa im Zweiten Weltkrieg, schmückten sich Tschetniks wie Ustaschas gleichermaßen mit dem Totenkopf, um über alle Maßen zu morden und zu töten und den Feind mit dem Symbol auf der Kappe oder auf der Fahne einzuschüchtern. Nicht dein Mörder bringt dich, mein Lieber, um, sondern der Totenkopf über der lebendigen Stirn, der tötet dich, auf ihm ruht alle Verantwortung.

Jetzt hatten sich also die Felder neben der Straße mit diesem Symbol geschmückt. Wer sie aufgestellt hat, wollte die Leute auf die möglichen Folgen hinweisen, wenn sie in dieses Unkraut laufen. Aber gleichzeitig hatte er in den Augen seiner Landsleute der Erde, auf der sie lebten, mit diesem menschlichsten Symbol unserer Mörder eine Auszeichnung verliehen. Die Erde lebt, sie wird vermenschlicht und personifiziert und tötet wie Herzöge und Helden.

Professor Adum musste pinkeln. Das war schon ein

Reflex. Er musste immer pinkeln, wenn er am Wegrand Minenwarnschilder sah. Als die Autobahn Zagreb–Split noch nicht fertiggestellt war, musste er bereits hinter Plitvica pinkeln. Eine Gänsehaut überlief ihn bei dem Gedanken, neben der Straße anzuhalten und hinter den Schildern mit dem Totenkopf ein paar Schritte ins Gebüsch zu gehen.

Wenn er auf eine Mine träte, überlegte er, und wenn diese Mine explodierte, würde sich seine Blase dann im Bruchteil einer Sekunde entleeren, würde er sich als Toter in die Hose pinkeln?

Er hielt ein und dankte Gott für seine gesunde Prostata.

Die Straße wand sich ins Ungewisse, zu allen Seiten dehnte sich eine Ebene, nirgendwo die kleinste Erhebung, und aus der Ebene wuchs das Gras in den Himmel. Alle paar Kilometer standen Wegweiser mit kyrillischer Schrift. Professor Adum konnte sie problemlos lesen. Verfickt der Historiker, der nicht kyrillisch lesen kann, hatte er auch dann gesagt, als es nicht opportun war. Die Hälfte der wichtigen Bücher über Dubrovnik ist auf Kyrillisch veröffentlicht worden, und die andere Hälfte wurde noch nicht geschrieben. So, genau so ist das, Herr Genosse Đerek!, schrie Adum Silvester 1991 ziemlich betrunken durchs Lehrerzimmer. Đerek hatte wie ein Karpfen gegähnt, wie der Dichter Galović, den 1914 im Schützengraben bei Mačva eine Kugel in die Stirn getroffen hatte, so gähnte Kollege Đerek, ob nun vor Überraschung oder weil sich unverhofft eine Gelegenheit zeigte, mit Adum abzurechnen, ihn wegen der Lobpreisung großserbischer Historiker und deren Griff nach Dubrovnik anzuzeigen, Đerek freute sich, er war überglücklich, er freute sich so, dass er nicht einmal hinunterschluckte, vielmehr spuckte er Adum, als er ihn anbrüllte, Saure-Gurken- und Gavrilović-Bröckchen direkt in den Mund, aber seine Freude währte nicht lange, denn es sollten nicht einmal sieben Tage vergehen, da hat Đerek, beschäftigt mit eigenen Nöten, seine Anzeige bei der Rektorin vergessen, mit der er das ungehörige Benehmen von Kollegen Adum gemeldet hatte, und rast im Stojadin mit hundert Sachen durchs Hinterland von Zadar über Stock und Stein, während die Weekend-Tschetniks mit Maschinengewehren auf ihn schießen, nette Jungs aus Belgrad, die für ein, zwei Tage Großserbien verteidigten. Đerek sah sie damals, er sah ihr Gesicht, das Scharfschützennest war keine fünfzig Meter von der Straße weg, über die er den Stojadin jagte, und konnte es schlicht und einfach nicht fassen, dass sie so ungenau waren. Verdammt, wenn die früher je ein Gewehr in der Hand gehabt hätten, hätten sie ihm längst den Augapfel ausgeschossen, ihm und der Mutter und dem Vater auf dem Rücksitz.

»Mein Gott, wir sind lebend durchgekommen!«, schrie er. Aber welches Elend: Er bekam keine Antwort. Der neunzigjährige Jozo Đerek und seine zwanzig Jahre jüngere Frau Spasenija, Đereks Vater und Mutter, waren tot, so tot wie der Sitz unter ihnen, so tot wie das orangefarbene Blech, in dem sie fuhren, durchbohrt von siebenundfünfzig Kugeln, wie der Pathologe in Zadar zählte. Lange hatten sie nicht leiden müssen, die Ärmsten ...

Karlo Adum fuhr nach Zadar zur Beerdigung. Er umarmte den Kollegen so fest, wie ein Kroate den anderen umarmt, und flüsterte ihm zu: »Bruderherz, ich weiß, wie dir zumute ist!«, woraufhin Đerek, wenn ihm das kleinste bisschen Verstand geblieben wäre, diesem seinem kroatischen Bruder auf der Stelle das Ohr hätte abbeißen sollen, aus dem drei tief schwarze Härchen mit klebrig-gelbem Ohrschmalz an der Spitze ragten, denn in den vergangenen zwei Jahren, seit unser Kroatien entstanden war, hatte ihn Adum bis aufs Blut gepeinigt, und alles wegen Mutter Spasenija, die die serbischen Feste feierte und das Dorf nicht verlassen wollte, in dem sie wohnten, auch nicht, als alle kroatischen Häuser in Flammen aufgingen, und auch nicht, als überall in Zadar und bis Zagreb herumerzählt wurde, dass Jozo Đerek über die Mutter ein Tschetnik sei.

Und nachdem er Adum angezeigt hatte, weil der besoffen mitten im Lehrerzimmer großserbische Ideen propagierte, spricht ihm Adum in bester katholisch-kroatischer Manier sein tiefstes Beileid aus und schmeißt eine Schippe Erde auf die Särge seiner Spasa und seines Jozo und bekreuzigt sich mit dem ganzen Arm und holt dazu aus wie ein russischer Turner, während der Pater den Mördern und allen Serben Pest, Krieg und Untergang an den Hals wünscht. Aber der arme Đerek biss Adum nicht das Ohr ab, sondern wurde ein paar Tage später in die Psychiatrie eingeliefert, eingesponnen in eine Finsternis, aus der er sich nie mehr befreien sollte.

Verfickt also der Historiker, der nicht kyrillisch lesen kann, verfickt aber auch die Wegweiser zu Dörfern, die es nicht mehr gibt.

Kyrillisch wurde zu beiden Seiten der Straße auf Dörfer hingewiesen, die Ruinen waren, Wände ohne Dächer, die sich von denen in Pompeji oder Griechenland nur dadurch unterschieden, dass sie sichtlich aus Beton gegossen und nicht bloß aus Ziegeln gemauert und mit noch immer sichtbaren Graffiti aus der Zeit der Zerstörung überzogen waren. Auch die waren überwiegend kyrillisch geschrieben, abgesehen von einigen auf die Schnelle eingekratzten, verschnörkelten Us, die die Verteidiger jener Dörfer, von denen nur die Namen geblieben waren, vor ihrem Rückzug hinterlassen hatten. In den Namen dieser Dörfer waren ihre Geschichte und Vergangenheit enthalten, denn in den Büchern steht über Dörfer mit insgesamt zehn Häusern nur der Name und weiter nichts. Eine Zeitlang vergnügte sich Professor Adum damit, aus den Namen der Dörfer die Namen der ehemaligen Dorfbewohner zu rekonstruieren. Im Dorf Kotorskome mussten beispielsweise Kotoranis gelebt haben.

Nachdem dort niemand mehr lebte, sah es so aus, als sei der Krieg geführt worden, damit die bis 1991 lateinisch geschriebenen Ortsnamen nunmehr kyrillisch geschrieben wurden. Kyrillisch war die Schrift des Todes und der Minenfelder. Der Satz machte ihn zufrieden.

Den musste er sich merken und, wenn er wieder in Zagreb war, in einem Leserbrief an die *Večernji list* schreiben.

Die kyrillische Schrift ist verdammt, dachte Professor Karlo Adum böse und merkte nicht einmal, dass die Dämmerung hereinbrach. Erst als die Autos auf der Gegenfahrbahn anfingen, ihm mit auf- und abgeblendeten Scheinwerfern Signale zu geben, begriff er, dass er sich zur Unzeit als Ausländer in einem fremden Land befand, auf einer von Minenfeldern begrenzten Straße. Schmerzlich kam ihm das Wappen mit dem Schachbrettmuster auf seinem Nummernschild zu Bewusstsein, er bekam Angst und gab Gas. Er hatte vorher nicht auf die Karte geschaut oder den Postboten gefragt, wie lange man durch den serbischen Teil Bosniens fuhr, beziehungsweise durch die, um es mit dem archaischen Ausdruck bei Štoos zu sagen, Republika Srpska, denn er hatte sich bei dem bloßen Gedanken geschüttelt, bei den Tschetniks übernachten zu müssen. In der Dunkelheit wirkte alles wirklich. Er erinnerte sich, wie ihn Mama Cica 1944, als er mal nicht einschlafen konnte, erschreckt hatte: Wenn er die Augen nicht sofort zumache, würden die bösen bärtigen Tschetniks mit der Eisenbahn aus Višegrad und Goražde kommen und ihm wie einem kleinen Hasen den Hals durchschneiden. Die sehen, wenn kleine Kinder spät in der Nacht die Augen aufmachen, und setzen sich in den Zug, heizen ordentlich die Lok an und sind im Nu in Sarajevo, in Bistrik, und zack mit dem Messer, wer nicht schläft ...

Und während er wie angefroren im Bett lag und so tat, als würde er nicht mehr atmen, kratzte der Papa mit seinen vier Fingern an der Wand und verfluchte den Bruder, während die Mama durch die Hintertür und den Garten in die Stadt ging und trotz Ausgangssperre vor ihnen beiden weit weg in die Freiheit floh. Sie kam erst gegen Morgen zurück, er hörte, wie die Tür aufging, und war froh, dass es nicht mehr dunkel war und die Tschetniks nicht mehr von Višegrad und Goražde aus Ausschau hielten.

Komisch, dass man sich nachts an seine Kinderängste erinnert, versuchte sich Professor Adum aufzumuntern und dachte an sich in der dritten Person. In diesem Moment zeigte der Tacho hundertzwanzig Stundenkilometer an, aber er merkte es nicht. Er hatte es eilig, irgendwo anzukommen.

Bis ein Polizist mitten auf der Fahrbahn stand. Er winkte mit der Kelle und lief an einer gedachten Linie entlang, wie ein Tormann, der sich auf den Elfmeter vorbereitet. Nur dass er mit seinem Körper keinen Ball, sondern ein Auto aufhalten wollte. Einen schweren Volvo aus der Zeit, in der die schwedische Autoindustrie mit den technischen Errungenschaften des Westens und der Panzerqualität sowjetischer Wolgas und Zils warb.

Es sah ihn winken und blinken und herumhüpfen wie Dragan Pantelić bei der Weltmeisterschaft in Spanien 1982, ein zu allem bereiter Serbe mit der Figur eines Orang-Utan, und wusste, dass er nicht entkommen konnte, nicht an ihm vorbeikommen würde, denn dieser Torwart hätte sich vor das Auto geworfen. Er hätte ihn ohne Herzklopfen oder Gewissensbisse mit voller Geschwindigkeit von der Straße fegen können. Nicht das Gewissen, etwas anderes hinderte ihn daran, das zu tun. Solange keine Lebensgefahr bestand, hatte es schlicht keinen Sinn, einen Polizisten zu überfahren.

Er bremste mit filmreif quietschenden Reifen, fuhr rechts auf die Haltebucht für den Bus und hielt hinter dem Polizei-Golf.

»Sie haben es aber eilig.« Der Torwart stand neben dem Fenster. Zwei Meter weiter stand noch ein Polizist. Der Torwart war ein älterer Mann, einer, der schon vor dem Krieg bei der Polizei war, und spielte sich vor dem Rotzbengel auf, mit dem er sich die Schicht teilte. Geschorener Schädel, Stiernacken, episch gezwirbelter Schnurrbart und ungewöhnlich blaue Augen – er ähnelte Franjo Bučar, dem Turner, Propagandist für Leibesübungen und Abenteurer von Zagreb.

»Und Sie sind offenbar sehr in Gedanken«, fuhr er fort, weil der Professor nicht antwortete. »Wissen Sie, wie hoch die Strafe für diese Geschwindigkeitsübertretung ist?«

»Hoch«, brachte der Professor endlich mit seinem Methusalemlachen heraus.

»Aber nein, nicht doch, sie ist niedrig! Was sind schon fünfzig Mark für ein Leben? Die Strafe, mein Herr, ist präventiv. Viele wären, hätten sie nicht gezahlt, fünf Minuten später tödlich verunglückt. Haben Sie je darüber nachgedacht?«

›91‹

»Nein.«

»Ich weiß, ich weiß, deswegen habe ich ja gefragt. Denken Sie künftig daran.«

»Gut, das werde ich tun«, er fischte mit der Hand nach seinem Portemonnaie, woraufhin der Torwart ihn mit der Geste serbischer Kneipenwirte stoppte, mit der sie dem Dorfarzt oder dem Popen erklären, die Rechnung gehe aufs Haus: »Heute wird nicht gezahlt, heute Abend hast du Glück, du musst nichts bezahlen, nur zweihundert Meter weiter hat ein Lastwagen ein paar Pferde erwischt, die liegen auf der Fahrbahn. Fahr vorsichtig daran vorbei, damit dir nichts passiert.« Der Torwart salutierte zum Abschied.

Der Professor fuhr los und holte, als ihn die Polizisten nicht mehr sehen konnten, die Pistole aus dem Handschuhfach und steckte sie in die Tasche seines Sakkos. Es war inzwischen ganz dunkel, und Professor Karlo Adum glaubte an einen Hinterhalt. Er war bereit zu schießen, aber nicht als er selbst, sondern als ein anderer. So wirkte die Pistole auf ihn. Sobald er sie bei sich hatte oder sobald er sich an den Gedanken, ein bewaffneter Mann zu sein, gewöhnt hatte, fing er jedes Mal an, sich selbst zu beobachten. Er sah sich als literarische Figur, der Kamilo Emerički aus *Die Fahne*, oder auch als James Bond, je nach Stimmung.

Er hielt zwanzig Meter vor einem Gegenstand auf der Fahrbahn.

Im ersten Moment konnte er es nicht richtig erkennen. Das erste Pferd, ein Schimmel mit einem schwarzen Fleck in Form eines M auf der Stirn, lag mit herausgerissenen Eingeweiden in einer Blutlache, und daneben saß eine junge Frau heulend mitten auf der Straße. Sie hielt den Kopf des Pferdes im Schoß. Als der Professor näher kam und ausstieg, lebte der Schimmel noch.

Aus fast geschlossenen Lidern sah ein großes, dunkles Auge den Unbekannten an und sah ihn plötzlich nicht mehr an, wurde starr, verlor augenblicklich den Glanz, und Professor Adum überlief eine Gänsehaut. Mit einem Blinzeln war ein Pferdeauge erloschen. Gott hatte ihm leicht wie einem Kind die Seele genommen.

Die Frau wiegte sich im Rhythmus ihres Schluchzens, ein gleichmäßiger, genauer und unerbittlicher Zehnsilbler, der aus Tausenden von Wörtern, Sätzen und Versen bestand und kein Fortkommen kannte und in dem jeder Buchstabe zu viel eine Beleidigung dieses traurigen gestorbenen Pferdseins und der aufrichtigen weiblichen Trauer gewesen wäre.

Er ging an ihr vorbei.

Einige Schritte weiter lagen Orangen. Er kickte eine aus Versehen weg und erschrak, dachte, er habe ein lebendiges Wesen getreten oder ein Pferdeorgan, die Blase, die Leber oder das Herz. Dann erkannte er eine große, aufgeplatzte Orange, und auf einmal sah er viele Orangen, so viele, dass der Asphalt darunter verschwand, auf dem er ging, er schlurfte und schob die Orangen mit dem Fuß beiseite, um nicht draufzutreten.

Dann wieder eine Blutlache, in der ein Rappe lag, schwarz wie die Nacht, mit gebrochenem Bein, aus dem weiß die Knochen leuchteten. Er war tot, die Augen erloschen, der Kopf verdreht. Aus dem Maul stieg blutiger Schaum, Bläschen für Bläschen, wie wenn ein Kind in der Badewanne mit dem Shampoo spielt.

Links der Straße lag der Lastwagen, aus dem die Orangen gekullert waren, ein Sattelschlepper mit slowenischem Kennzeichen, überschlagen an der Böschung. Überall lagen Orangen und leuchteten wie Sonnenuntergänge. Neben dem Lastwagen saß ein Mann, den Kopf zwischen den Händen weinte er, Blut lief ihm über das Gesicht, eine Wunde klaffte an der Stirn, aber das war dem Mann anscheinend gleichgültig. Der Professor ging zu ihm und legte ihm die Hand auf die Schulter.

»Nicht weinen, mein Sohn, alles wird gut.«

»Nein, nein, das kann nicht mehr gut werden, das ist das Ende.«

Der Professor war überrascht. Das war kein Slowene. Aus irgendeinem Grund erschien ihm das wichtig, und er dachte, dass er den besser nicht angefasst hätte. Er hatte ihn trösten wollen, weil sie beide Ausländer waren, aber da stellt sich heraus, dass der Mann gar kein Ausländer ist, sondern mit stark bosnischem Akzent spricht, mit dem sonst nur die Männer sprachen, die sich am Bahnhof in Zagreb als Arbeitskräfte anboten. Mechanisch griff er in die Jackentasche, die Pistole war an ihrem Platz.

Er ging weiter, bis zu der Stelle in der Mitte der Fahrbahn, an der eine große scheckige Stute lag, mit gebrochenem Bein und Kopfwunde. Sie brüllte, jaulte, gab Laute von sich, die nicht nach Pferd klangen, auch nicht aus der Welt der Menschen stammten, auch nicht nach Schmerzen oder überhaupt einem Gefühl klangen. Es waren nur sehr laute Zeichen ihrer Anwesenheit, ihres Bemühens, noch einige Momente zu leben. Vor der Stute, die Arme zur Hälfte in ihr verschwunden, hockte ein junger Mann und versuchte, ein Fohlen herauszuholen.

»Gib nicht auf, mein Liebling, gib nicht auf, Schatz!«, schrie er, um sie zu übertönen.

Was will er mit dem Fohlen, dachte der Professor kalt, es überlebt ohne Mutter doch nicht.

Der junge Mann sah hoch.

»Kann man helfen?«, fragte der Professor.

»Unmöglich«, stöhnte er und schrie wieder: »Gib nicht auf, mein Liebling, gib nicht auf, Schatz!«, während die Stute ihm mit ihrer gebrochenen Stimme antwortete, und das Ritual ging weiter.

»Quälen Sie sich doch nicht länger.«

»Mann, hau ab, zieh Leine«, knurrte ihn der Junge an, »du hast ja keine Ahnung.«

Er ging zum Fahrer zurück, bot ihm an: »Soll ich dich ins Krankenhaus fahren?«, aber der Fahrer wehrte mit den Händen ab und sagte, er dürfe nicht abhauen, was immer passieren würde, er dürfe nicht abhauen, er hätte die Pferde von den Leuten umgebracht und müsse bleiben, bis man sehe, wie es weitergeht.

»Was soll da zu sehen sein?«, den Professor packte

die Wut, jene Wut, die die Ärzte packt, wenn sich todkranke Patienten weigern, ihre Medikamente zu nehmen, weil sie die Verdauung beeinträchtigen.

»Ich gehe nicht weg, bei meinem Gott, Hasan ist nicht so einer, der läuft nicht weg«, gab der zurück.

Die Frau schluchzte noch immer mit dem Kopf des Schimmels im Schoß. Sie erzählte die Geschichte von einem traurigen Pferdeleben, von einem auserwählten Pferd, bestimmt, von einem Auserwählten geritten zu werden. Es war ein Hengstfohlen, zwölf Monate alt, am Samstag sollte er nach Banja Luka überführt werden, in einen fürstlichen Stall. Dort hätten sie ihn gehegt, an den Sattel gewöhnt, an Reiter gewöhnt, und der Unglückliche hatte ein sanftes Temperament, er hätte sich schnell daran gewöhnt, alles für den Tag, an dem der Vorsitzende Milorad Dodik sich auf ihn geschwungen hätte und mit ihm wie auf einem Wirbelwind die Parade und durch ganz Serbien geritten wäre. Denn der Schimmel hatte auf der Stirn einen Fleck in Form eines M. Der Fleck war ein Wink des Schicksals, ein Hinweis, für wen er bestimmt war.

Bis der Laster mit den Orangen kam.

Er hörte der Frau noch ein wenig zu, die ihn nach wie vor nicht bemerkte, sondern sich an einen wandte, der nicht da war, an Gott, so wie sie ihn sich vorstellte, ein Gott, der Klagen offenbar nur in regelkonformen Versen annahm. Gott hat kein Ohr für prosaische Sätze.

Als sie das dritte Mal den Vorsitzenden Milorad Dodik erwähnte, hatte er genug und teilte ihre Trauer nicht mehr. Von diesem Dodik Milorad wusste er nichts, schon seit fünfzig Jahren mied er alle Nachrichten über bosnische Herrscher, Sekretäre und Gauner, egal, welchem Glauben sie anhingen. Seit den Zeiten von Rodoljub Čolaković kannte er kaum ihre Namen. Professor Karlo Adum bildete sich viel ein auf seine Fähigkeit, alles auszublenden, was ihn nicht interessierte. Er brüstete sich damit auch vor den Schülern in seinen Klassen und glaubte tatsächlich fest, er könne bewusst ausblenden, was er nicht wissen wollte, vergessen, was er sich nicht merken wollte, er brüstete sich damit, dass er nicht sein musste, was er nicht sein wollte.

Daran lag ihm besonders viel.

Er setzte sich in den Volvo, fuhr um die Pferde herum, über die Orangen und durch die Blutlachen, und setzte langsam seinen Weg fort. Er dachte an das, was an seinen Reifen klebte, dachte, dass es aussah wie Blutorangensaft. Den würde er wohl nicht mehr trinken können, egal, wie stark er an seine Fähigkeit zu vergessen glaubte. Er legte die Pistole wieder ins Handschuhfach.

Bald danach wurde er schläfrig.

Die Fahrt war monoton, der vollkommen sternlose Himmel lag tief auf der Landschaft, ganz selten sah man Lichter durch die Bäume und Büsche glitzern. Professor Adum gähnte, und vom Gähnen schossen ihm die Tränen in die Augen, und dann sang er laut Leo Martins Lied *Odiseja* über einen Frühling in Belgrad Anfang der Siebziger, grölte aus vollem Hals, um die Müdigkeit zu verscheuchen, während auf der Gegenfahrbahn eine Lastwagenkolonne mit internationalen Militärkennzeichen an ihm vorbeifuhr. Einer nach dem anderen würden sie an die Unglücksstelle kommen, o Gott, was werden sie denken, wenn sie den jungen Mann mit den Armen in der Stute sehen. Und hören: »Gib nicht auf, mein Liebling, gib nicht auf, Schatz!«

Er schämte sich für das, was hinter seinem Rücken geschehen würde. Und das verscheuchte die Müdigkeit. Er schämte sich, denn die fremden Soldaten werden nicht verstehen, was sie zu sehen bekommen. Pferdeleichen mitten auf der Straße, eine schluchzende Frau mit dem Kopf eines Paradeschimmels im Schoß, ein junger Mann, der sich als Geburtshelfer bei einer Stute versucht, ein Fohlen retten will, dem die Mutter stirbt, ein slowenischer Hasan, der Orangen geladen hatte und jetzt mit einer blutenden Kopfwunde weint, aber nicht ins Krankenhaus will.

Das werden sie nicht verstehen, dachte der Professor. Wenn er noch etwas jünger oder verrückter gewesen wäre, noch daran geglaubt hätte, man könne Menschen etwas erklären, hätte er auf der Stelle kehrtgemacht und wäre an den Ort zurückgefahren, an dem jetzt die Lastwagenkolonne stand. Er hätte ihnen einen Vortrag über die Geschichte dieser Gegend gehalten oder auch nur gebeten, leise zu sein, zu warten, zuzuhören, wenn sie ein bisschen was verstehen, denn so etwas haben sie noch nicht erlebt. Und werden es auch nicht mehr erleben.

Dies ist, meine verehrten Herren Soldaten, eine jener Szenen in der Geschichte der Menschheit, in denen heilige Bücher geschrieben werden. Diese Frau hier, deren Rhythmus, wie die Schwarzen unter Ihnen wohl wissen, dem Rhythmus von Eminem oder wie dieser junge Mann heißt ähnelt, rezitiert ungeschriebene Teile der Bibel, und zwar in der orthodoxen Lesart. Hört ihr zu, meine Lieben, denn dieser Frau widerfährt soeben etwas, was der Menschheit vor fünf- oder zehntausend Jahren widerfahren ist. Und dieser Mann, vermutlich ihr Ehemann, redet der Stute mit den zärtlichsten Worten zu, die er kennt und die er noch nie zu seiner Frau gesagt hat, denn er will die Stute so lange am Leben halten, bis das Fohlen da ist. Wenn die Stute stirbt, stirbt auch das Fohlen. Verstehen Sie das?

Er hielt im Geiste diese Rede, bis er dachte, die Soldaten würden ihm sowieso nicht zuhören, egal, in welcher Sprache er sie anredete, dabei konnte Professor Adum ein wenig Deutsch und Französisch und auf Russisch perfekt lachen und zuprosten. So waren die Zeiten gewesen, er hatte nie die Gelegenheit bekommen, für ein halbes Jahr nach Paris oder Berlin zu gehen, sich von der Partei schicken zu lassen, so wie sie andere geschickt hatte, er hatte nur jahrelang die Abendschule in der Warschauer Straße besucht, Russischkurse belegt, als er noch von der Promotion über Juraj Križanićs *Anabasis* träumte, Französischkurse, als er hätte Braudel lesen müssen, nach dem gescheiterten Wechsel an die Uni dann Deutschkurse, weil er sich auf eine Stelle an der Schule für die Kinder unserer Arbeiter, die vorübergehend im Ausland arbeiten, in Frankfurt beworben hatte. Und als er die Absage hatte, hörte er auch mit Deutsch auf, weil es ihn ebenfalls an eine Niederlage erinnerte. Bei der Sicherheitsüberprüfung im Belgrader Bundessekretariat für Auslandsbeschäftigte wurde er zu seiner Tätigkeit während des Krieges befragt. Er hatte geantwortet, bei Kriegsende sei er vier Jahre alt gewesen. Und als hätte sie nichts gehört, fragte die Beamtin, ob er im Krieg Uniform getragen hätte. Karlo Adum wurde verlegen und rot und fing wie bei einer Lüge ertappt oder betrunken an, sich zu verhaspeln. »Beruhigen Sie sich, Genosse!« Die korpulente schwarzhaarige Serbenschlampe mit Damenbart und Muttermal links auf der Stirn und drei Haaren darin, so hart wie die Armierungseisen in den künftigen Hochhäusern von Novi Beograd, lachte ihn aus. Ihm lief jedes Mal die Galle über, wenn er daran dachte, und dann kamen alle möglichen Worte aus seinem Mund.

»Serbenschlampe?« Sportlehrer Hasanbegović wunderte sich, als Adum von seiner Ablehnung bei der Sicherheitsprüfung erzählte. Nächtelang hatte er nicht einschlafen können aus Angst, Tefko Hasanbegović könnte ihn wegen Nationalismus anzeigen. Und das war 1979, einem schweren, undurchsichtigen Jahr, kurz vor dem Gipfel der Blockfreien in Havanna, als die Gefängnisse merkwürdig leer wurden und mit neuen inneren Feinden gefüllt werden mussten.

Aber Hasanbegović, der gute arme Tefko, der sich

über hässliche Worte wunderte, zeigte ihn nicht an, Adum hasste ihn trotzdem, wenn auch nur präventiv. Dieser Hass hörte nicht auf, als längst klar war, dass Hasanbegović ihn nicht anzeigen würde, auch Jahre später hörte er nicht auf, als längst schon niemanden mehr interessierte, was im Café Medulić Anfang September 1979 erzählt worden war. Im Gegenteil, Adums Hass wuchs, er nutzte jede Gelegenheit, um Hasanbegović im Lehrerrat zu kritisieren, und gehörte zu denen, die auf der Untersuchung des Falls der Siebtklässlerin Mirjam Mortigjija bestanden, deren Vater Venko den Sportlehrer beschuldigte, er habe seiner Tochter beim Sprung über den Bock geholfen und ihr dabei an die Brust gefasst.

Die Kleine hatte Brüste, und was für welche, lieber Gott – noch fünfundzwanzig Jahre später kam Professor Adum ins Schwärmen und hatte die kleine Mirjam vor Augen, die früh entwickelt und üppig wie Mutter Erde vor der Landkarte Jugoslawiens stand und den Fluss Neretva, an dem Genosse Tito die Verwundeten gerettet hatte, in der Gegend um Niš und Vranje suchte.

»Wir müssen vorsichtig sein«, sagte er auf der Parteiversammlung, die über Hasanbegovićs Schicksal entschied, »denn was wäre, wenn die Eltern ihre Kinder nach diesem Vorfall nicht mehr in die Schule lassen? Deswegen schlage ich vor, Genossen Hasanbegović eine Zeitlang vom Unterrichtsprozess auszuschließen, zum Beispiel für ein oder zwei Jahre, bis die Sache vergessen ist. Ich weiß, dass er nicht getan an, was ihm zur

Last gelegt wird, Genosse Tefko ist selbst Vater, seine Sabina ist, wenn ich mich nicht täusche, im selben Alter wie Mirjam Mortigjija, er ist ein Mensch und kein Tier. Man sollte ihn nur aus Rücksicht gegenüber den Eltern ausschließen. Das ist mein Vorschlag.«

Während Adum sprach, weinte Hasanbegović am anderen Ende des langen Tisches im Lehrerzimmer, das Gesicht in die Hände gelegt. Ihn berührten die Worte des Kollegen, denn offensichtlich verstand er den Vorschlag als Ausbund an Großherzigkeit und bedankte sich monatelang dafür. »Du bist mein Bruder, denn ich habe keine anderen Brüder«, sagte er auf dem Flur in der Schule zu ihm und umarmte ihn, während Karlo Adum rot wurde, sei es vor Scham oder vor Zorn.

Als Venko Mortigjija die Schule anklagte, weil sie nichts gegen den Sportlehrer unternommen hatte, noch nicht einmal ein Verweis der Partei an ihn ergangen war, vertrat Karlo Adum den Lehrerrat vor Gericht. Er sagte aus, Mirjam sei ein hübsches Mädchen, eine aufmerksame, gute Schülerin, eines unserer besten Kinder. »Alle sind unsere Kinder«, er hob den Zeigefinger in die Luft und ließ zu, dass sich seine Augen mit Tränen füllten, »und wer den Lehrerberuf wirklich kennt, kann sich alles mögliche vorstellen. Und so kann sich auch Genosse Mortigjija alles mögliche vorstellen. Wenn er sich denn, Genossen, etwas vorstellt! Denn wenn wir diese Möglichkeit bedenken, muss es sich nicht unbedingt um elterliche Sorge handeln, die nie übertrieben ist, auch nicht um Vaterliebe, die nie zu groß sein kann!

Bedenken wir auch die Möglichkeit, dass die Verdächtigung eines Lehrers eine Verdächtigung der ganzen Schule und unseres Schulsystems ist, der Gesellschaft, in der wir leben, und ihrer größten Heiligtümer. Genosse Mortigjija verdächtigt den Lehrer seiner Tochter, und ich möchte mit Verlaub Genossen Mortigjija verdächtigen, der im Sommer 1973, genauer am 23. Juli jenes Jahres verhaftet und später zu drei Monaten Gefängnissen verurteilt ...«

Mitten in Adums Rede sprang Mortigjija auf und ging auf ihn los, der Stuhl polterte hinter ihm zu Boden, und wahrscheinlich wäre er dem Professor an die Gurgel gesprungen, hätten ihn die Polizisten nicht gepackt und schließlich in Handschellen gelegt, weil er sich überhaupt nicht beruhigte.

Der Vorfall stand am nächsten Tag in allen Zeitungen, und Hasanbegović war außer sich vor Freude und Dankbarkeit. Er schenkte dem Kollegen einen Gedichtband von Pablo Neruda und schrieb eine Widmung hinein, die Adum nie gelesen hatte, weil er die Seite erregt aus dem Buch riss, kaum dass er zu Hause war. Ivanka hatte sie aus dem Müll gezogen und durchgelesen, woraufhin er so zornig wurde wie nie zuvor.

»Du begreifst nichts«, brüllte er. »Und du hast noch nie etwas begriffen!«

Er belegte sie damals mit verschiedenen Tiernamen, was ihm später leid tat, über Monate tat es ihm leid, wann immer er daran dachte, und jedes Mal überschwemmte ihn der Hass auf Hasanbegović, den Mann, dessen

Schatten ihn verfolgte und dem er Böses getan hatte, während der dachte, er habe ihm Gutes getan.

Und alles hatte damit angefangen, dass er die Dame im Bundessekretariat Serbenschlampe genannt und Hasanbegović sich über diese Wortwahl gewundert hatte. Was so ein Wundern alles auslösen kann.

So kam Professor Karlo Adum von dem ab, was er den Soldaten in den Lastwagen hätte sagen wollen, wenn er zu dem Pferdemassaker auf der Straße zurückgefahren wäre. Er hatte sie schon vergessen und wurde, wie er so über Geschehnisse nachdachte, die über fünfundzwanzig Jahre zurücklagen, wieder schläfrig.

Vor einem Schild, auf dem in kyrillischer Schrift, der verdammten kyrillischen Schrift, »Willkommen in Derventa« stand, beschloss der Professor, eine Übernachtungsmöglichkeit zu suchen, zum Beispiel ein Hotel. Er hatte eine Pistole bei sich, er hatte nichts zu befürchten.

Er fuhr in die Stadt, vorbei an Häusern ohne Dach, aus denen Bäume wuchsen, Pappeln und zwei Eschen, *Slavenski jaseni*, die im Herbst traurig nach Frühling riechen, nach abgestandener Luft und Tod, und das einzig Gute an ihnen ist, dass sie den Töchtern jener Väter Namen gaben, die ihnen zu deren eigenem Besten einen Namen geben wollten, der Glauben und nationale Zugehörigkeit verbarg. In den Sechzigern und Siebzigern wurden Jasenkas geboren, mehr aus Vorsicht denn aus Angst, sie wurden in Kleinstädten wie Derventa geboren, nicht so sehr in den Dörfern, nicht so sehr in Zagreb, denn auf dem Land und in der Großstadt war die nationale Zugehörigkeit keine Schande und nichts, was man verbergen musste. Die Kroaten genossen ihr Kroatentum, die Serben serbelten, die anderen machten es ihnen mehr oder weniger nach, in den Dörfern und den Metropolen blühten die Völker und Volksgruppen, aber in Derventa wurden die Jasenkas aus Vorsicht und Furcht nach den *jaseni* benannt, die später aus ihrem toten Zuhause wachsen sollten.

Dann reihten sich Häuser mit Dächern und heilen Fensterscheiben, hinter denen aber kein Licht brannte, an der Straße, von der er annahm, dass sie ins Stadtzentrum führte, anschließend Wohnblocks aus sozialistischen Tagen, Geschäfte, deren Schaufenster von vereinzelten Glühbirnen beleuchtet wurden, etwas, das nach Rathaus aussah, in der Mitte der Fassade wehte eine riesige serbische Fahne, auf der mit Goldstickerei das königliche Wappen ausgeführt war. Je mehr Gold auf einer Fahne, desto blutiger ist sie. Und weit und breit keine Menschenseele, kein Lichtschein, kein fahrendes Auto.

Das war Derventa.

Sein Leben lang kannte er das Wort. Immer gab es jemanden, der in Derventa geboren war, Derventa wurde im Zusammenhang mit den kommunalen Verlautbarungen im Radio erwähnt, der Häftling, über den eine Fernsehdokumentation ausgestrahlt wurde, kam aus Derventa, ebenso ein Nationalheld und einige hohe Ustaschaführer, deren Namen in den Publikationen des Instituts für die Geschichte der Arbeiterbewegung Erwähnung fanden, die Adum gelegentlich zur Rezension zugeschickt wurden. Aus Derventa kam der Fußballklub Tekstilac, der es Mitte der Siebziger ins Achtelfinale des Fußballcup Marschall Tito schaffte, und das war damals eine Sensation. Aus Derventa stammte auch Kemal Šljoka, Mittelstürmer bei Čelik Zenica, aus der Generation von Mato Gavran und Mehmed Buza, die von Marcel Zigante trainiert wurde. Worte, die oft wiederholt werden, mit denen wir leben, deren Bedeutung wir bis zu einem gewissen Grad kennen, nicht aber ihren ganzen Sinn und Inhalt, Worte, über die wir nie nachdenken und für die wir uns nicht interessieren, haben eine eigene Größe, die proportional mit der Häufigkeit der Wiederholungen wächst. So ist die Physik, Mechanik, Dynamik der Worte. Das Wort Derventa war groß, und so war er überrascht, wie klein der Ort war, das dieses Wort bezeichnete.

Wie er nach Derventa hineingefahren war, fuhr er auch wieder heraus. Und hatte nirgends ein Hotel gesehen.

Er fuhr weiter, die Augen fielen ihm zu, umsonst suchte er nach einem Gedanken, der ihn wach hielt. Nachdem er zwei-, dreimal beinah eingeschlafen wäre, sich jedes Mal geschüttelt hatte, weil sich die Augen beim Blinzeln nicht mehr öffneten, sondern die Lider geschlossen auf den Augäpfeln blieben, so wie ihn seine Ivanka in dem dicken slawonischen Federbett eingemummelt hatte, wenn er spätabends von einer Reise zurückkam, nachdem das Lenkrad schon so weit weg war

›106‹

wie Australien, die Straße vor ihm völlig entrückt und auch der Mittelstreifen ein weit entfernter, kaum sichtbarer Strich geworden war, so weit weg wie Dicmo und der fünfte März 1953, Stalins Todestag, merkte Professor Adum, dass Schluss mit lustig war und er anhalten musste, bevor er tatsächlich einschlief. Er fuhr an der nächstbesten etwas breiteren Stelle an den Rand, schaltete Licht und Motor aus, holte die Pistole aus dem Handschuhfach, um sie bei der Hand zu haben, überlegte einen Moment und steckte sie ins Hemd.

Er erschrak, weil sie so eisig kalt war, und war schon eingeschlafen.

Der Alte schlief auf dem umgelegten Sitz des alten Volvos mit Zagreber Kennzeichen.

Wer sein Ohr an die Scheibe gelegt hätte, hätte ein Geräusch gehört, das keinen Namen hat.

Und das kein Schnarchen war. Aber auch nicht nur ein Atmen.

Diesen Laut hören in schlaflosen Nächten nur die, mit denen sie ihr Leben teilen, von denen sie geliebt werden und die das Pech haben, nicht rechtzeitig einschlafen zu können.

Und immer in schlaflosen Nächten denken, wütend und ohne einschlafen zu können, dass nur ihr Mann und sonst keiner so laut und pfeifend atmet und dass man ihn wecken sollte, damit er aufhört.

Und dann sterben die Frauen, stirbt Ivanka, und der Alte schläft auf dem umgelegten Sitz des alten Volvos mit Zagreber Kennzeichen ...

Es war längst hell, der Verkehr fuhr um Adum herum. Die Haltebucht, auf der er den Wagen abgestellt hatte, war in Wirklichkeit keine Haltebucht, sondern eine Ausfahrt. Einige Fahrer hielten an, klopften ans Fenster, er öffnete die Augen, griff mechanisch nach der Pistole und war schon wieder eingeschlafen, dachte, er hätte nur geträumt, dass unbekannte Leute an seine Scheibe klopften, und sei von einem Traum in den nächsten gefallen. Er merkte sich die Leute: der kurz geschorene junge Mann im städtischen Anzug, ein älterer Mönch im Habit, ein jüngerer Mönch, ebenfalls im Habit, dann drei Fratres auf einmal …

Komischer Traum, dachte Professor Karlo Adum im Traum: So deutlich sah er die Männer, auf jeden wollte er aus Angst die Pistole richten, und dann waren sie weg, weil er wegsackte in den nächsten Traum.

Und warum die vielen Mönche?

Er bekam Angst, er könnte sterben. Gottes Angestellte begleiten ihn in die andere Welt, sie wollten ihm etwas sagen, aber er vertreibt sie mit der Pistole.

Er bekam Angst und wachte auf.

Es war genau so, wie es ihm im Traum geschienen hatte:

Er war der Alte, der auf dem umgelegten Sitz im alten Volvo mit Zagreber Kennzeichen geschlafen hatte, der an einer Ausfahrt neben dem Schild mit der Aufschrift Plehan stand. Sein Herz schlug wie wild, während sich draußen ein Kleinlaster an ihm vorbeizwängte, der bei Plehan abfuhr. Aus dem Führerhaus schaute das erstaunte Gesicht eines älteren Mannes heraus. Er fluchte nicht und hupte nicht, er wunderte sich nur, weil der Professor praktisch mitten auf der Straße parkte.

Adum stellte die Lehne hoch, die Pistole war ihm bis zum Bauch gerutscht, warm wie ein lebendiges Wesen. Er legte sie wieder ins Handschuhfach, zündete den Motor und fuhr weiter, immer noch in Sorge wegen seines Traums. Was hatten die vielen Männer zu bedeuten, die an seine Scheibe klopften? Und warum waren die meisten Ordensleute, Geistliche?

Es heißt, je älter Menschen sind, desto näher sind sie wenigstens in unserer Gegend Gott und der Kirche. Sie kehren zum Glauben zurück, wenn sie ihn zuvor je gehabt hatten, gehen Sonntags zur Messe, stecken die Finger ins geheiligte Wasser, bekreuzigen sich, knien nieder und schmatzen wie die alten Omas in Schwarz. Die Jüngeren machen sich darüber natürlich lustig, aber auch sie werden, wenn sie älter werden, den Glauben entdecken, so wie ihn die Leute auf dem Balkan nun schon seit sechzig Jahren, vielleicht auch mehr, vor dem Tod entdecken. Auch den Professor hatte das Fieber in letzter Zeit angesteckt. Er spazierte um die Kirche in Siget herum und sah die schwarz gekleideten Frauen aus der Provinz, mit ihren Halsketten aus falschen Perlen, goldenen Broschen, auf denen die Jungfrau Maria zu sehen war, und Kindern im Schlepptau, dreckige Jungs, grindig von ihren Prügeleien, und ihre braven, ordentlichen Schwestern, vorbildlich katholische Frauen, die in der heiligen Messe ihre Seele reinigen und mit neuem Leben erfüllen wollten, und er beneidete sie, der unglückliche Professor Adum, denn er war nicht Teil ihrer Welt. Er konnte in die Kirche eintreten, niemand hätte ihn erkannt, er wusste ungefähr, wann man sich erheben, niederknien, Platz nehmen, Kreuze schlagen, die Zunge herausstrecken, den Leib Christi empfangen musste, so dass er eigentlich keinen Grund zu der Befürchtung hatte, er könnte, und sei es nur in den Augen des einen oder anderen, als Fremdkörper entlarvt und vertrieben werden. Trotzdem fühlte er sich als Fremdkörper und schämte sich dafür und konnte nicht zu jenen gehören, nach deren Gemeinschaft er sich sehnte.

Schrecklich ist es, ein Fremder zu sein, dachte er, während er sie jeden Sonntag in die Sigeter Kirche gehen sah, schrecklich ist es, eine Schwelle nicht übertreten zu können, über die alle anderen treten, schrecklich, schrecklich, schrecklich, wiederholte er sein Mantra und klapperte mit der metallenen Spitze seines Bergwanderstocks auf dem Asphalt und verschob seinen ersten Besuch der Kirche um weitere sieben Tage.

Im frühen Frühjahr 1945, als an Bäumen und Laternenpfählen angebliche Kommunisten hingen, auf denen sich der erste Morgentau sammelte, nahm ihn Mama Cica regelmäßig in die Frühmette mit. Obwohl noch die Ausgangssperre galt und Patrouillen unterwegs waren, immer zwei und zwei, mal reguläre Ustaschas, mal Angehörige der schwarzen Legion, zog sie ihr bestes Seidenkostüm an, darüber eine Pelerine und darauf noch den toten Fuchs und jagte nach den Blicken der

Kämpfer auf ihre Brüste, ihr Haar und die Beine, wie eine fleischfressende Pflanze Jagd auf Fliegen und andere Insekten macht. Im Lacktäschchen, kaum größer als eine Zigarettenschachtel, trug sie eine Sondergenehmigung bei sich, unterzeichnet von Oberst Werner Weißemann, für den es mehr oder weniger die letzte Unterschrift war, bevor er sich in den schwarzen Mercedes setzte und auf die ungewisse Reise nach Hamburg machte, wo auf ihn, ach meine Ärmste, seine Margarita wartete. Sisa, wie er Mama Cica nannte, hatte ihn zwei Jahre lang an seine Margarita erinnert, und Karlo, der kleine Karlo in der schwarzen Uniform, erinnerte ihn an Horst, Margaritas kleinen Neffen, dem er aus Sarajevo einen Säbel mitbrachte, einen echten türkischen Säbel, mit dem, so schrieb er Horst, die türkischen Offiziere Räubern die Köpfe abschnitten. Und dann war alles beinah über Nacht vorbei, zerstört, zusammengebrochen, und Werner begab sich ohne Hoffnung auf seine letzte Reise, ihm war bewusst, dass er Hamburg nicht lebend erreichen würde. Er fragte Sisa nicht, was sie mit einer Sondergenehmigung während der nächtlichen Ausgangssperre wollte, ausgerechnet zu einer Zeit, in der die Ustaschas völlig den Verstand verloren hatten und man sich vor ihnen selbst tagsüber in Acht nehmen musste, zuvorkommend setzte er seine Unterschrift darunter wie eine Rose, damit sie ihn in guter Erinnerung behielte.

Er fragte Mama Cica, was da an den Bäumen hänge. Blätter, sagte sie. Sei still, kleines Biest, sagte sie. Da an den Bäumen hängt, wer unseren Poglavnik gehasst hat, sagte sie, und er hatte nicht weitergefragt, aber mit einem Schaudern überlegt, ob unter den Gehängten auch welche waren, die andere angeschwärzt hatten, so wie man dich beschuldigt, du hättest mit dem Fußball das Fenster kaputtgemacht, obwohl sie den Poglavnik geliebt haben und das Fenster von jemand anders kaputtgemacht wurde. Er dachte darüber nach und hatte große Angst, auch er könnte zu Unrecht beschuldigt werden.

Er schielte in ihre Gesichter, aus denen lächerlich erstaunte Augen glotzten, und aus dem Mund hingen Zungen wie Kartoffeln, Zungen von jenen, die Christus verraten hatten, und da musste Karlo plötzlich lachen.

Worüber lachst du, fragte sie. Ich lache, weil es kalt ist, log er, etwas Besseres fiel ihm auf die Schnelle nicht ein, und Mama Cica seufzte, sie seufzte so tief, dass ihr Seufzer den leeren Bürgersteig hinunterhallte und an diesem Morgen ausnahmsweise lauter war als die Hacken der Ustascha-Patrouille.

Niemand fragte Mama Cica nach der Genehmigung. Und Karlo fand das schade, denn er hätte gern gehabt, dass jemand sah, dass sie von Oberst Werner persönlich unterschrieben war. Wozu diese Ehre, wenn keiner die Genehmigung sehen will.

In der Kirche kamen zur Frühmette noch drei Menschen.

Ein Greis mit einer Kanüle im Hals, dessen pfeifendes Atmen wie die Dampflokomotive von dem Miniaturzug klang, die ihm der Colonello aus Turin mitgebracht hatte. Der Greis wurde Don Anđelko gerufen, aber er verbeugte sich nur nach allen Seiten, weil sich vielleicht noch einer an ihn erinnerte. Vor langer Zeit, noch im vorigen Jahrhundert, war er Pfarrer in Sarajevo gewesen, eingesetzt von Stadler aus Zagreb, und von seiner Gottesfürchtigkeit erzählte man sich Wunder. In seinem achtzigjährigen Leben hatte Don Anđelko kein einziges Mal die Frühmette verpasst, auch jetzt nicht, wo er aus dem Koševo-Krankenhaus zur Kirche kam, von der Lungenabteilung, auf der alle pfiffen wie die Lokomotive vom Colonello.

In der ersten Reihe betete Schwester Edita, Don Antuns Haushälterin und Köchin, eine hagere Slowenin mit Hakennase, von der es hieß, sie sei Jüdin. Vielleicht sei sie es, vielleicht auch nicht, dass wisse nur Erzbischof Ivan Evanđelist, antwortete Mama Cica darauf. Und Karlo kauerte unter dem Tisch, hörte, wie sich Sonntag für Sonntag, Mittagessen für Mittagessen das Gerede wiederholte, ob Schwester Edita nun Jüdin war oder nicht, aber er traute sich nicht vorzuschlagen, Erzbischof Ivan Evanđelist zu fragen, wenn er zu Ostern wieder in Seidenpapierchen eingewickelte weiße Bonbons und kleine grüne Häschen aus Teig verteilte.

Hinter Nonne Edita saß wie ihr Schatten der Stotter-Kamilo, der Wörter mit r, l, ž oder š nicht aussprechen konnte, nie die Schule besucht hatte, aber sehr gut mit der Schleuder schießen konnte und auch sehr fromm war. Er murmelte Gebete, machte im rechten Moment die entsprechenden Bewegungen und schlief auf der

›113‹

Schuhablage vor dem Hof, und wenn es kalt wurde, ließ ihn Don Antun im Keller schlafen.

Enttäuscht war Mama Cica, furchtbar enttäuscht, wenn sie sah, dass in der Kirche nur diese drei Menschen saßen!

Sie hoffte, er würde kommen, und sah zur Eingangstüre hin, bis Don Antun erschien und die Brüder und Schwestern zum Gebet aufrief. Daraufhin bekreuzigte sich Mama Cica resigniert und zur falschen Zeit, Bekreuzigen war nicht an der Reihe, und Don Antun warf ihr einen bösen Blick zu.

Karlo lachte. Glockenhell, so als würde Kristall durch die eisige Kirche klirren.

Unterdessen betrat eilig und mit quietschenden Schritten in neuen, glänzenden Stiefeln General Drinjanin die Kirche und mit ihm zwei seiner Männer.

Da ist er, entfuhr es Mama Cica. Karlo drehte sich um und sah den General, der eben knickste, wie eine Prinzessin im Märchen, wie Aschenbrödel, die zur Frühmette geht, um sich von den Sünden der Nacht zu reinigen.

Der mutige General Drinjanin, der jene auswählt, erkennt und an Bäumen aufknüpft, die den Poglavnik nicht lieben.

Er blieb in der Tiefe der Kirche, tief im Schatten einer Säule, zwischen den beiden Ustascha, von denen einer einen Fez auf dem Kopf hatte, einen schwarzen Fez, wie ihn einst vor langer Zeit, unter den Türken, die Christen trugen. Karlo starrte die ganze Zeit zu ihnen hinüber, und Mama Cica fing an, herumzurutschen, sich umzudrehen und umzuschauen. Umsonst hüstelte Don Antun, also hob er die Stimme und machte eine Bewegung, als wolle er durchs Kirchenschiff rennen und dem unbotsamen Schäfchen Gottes die Ohren langziehen, sie kümmerte sich nicht darum, sondern packte das Kind, kaum dass sich der Priester wieder zum Altar drehte, bei der Hand und zog es zu der Reihe, in der General Drinjanin saß.

»Du wirst deinen Gott noch sehen!«, sagte sie zu ihm, denn er lief nicht weg.

Leise, aber ganz deutlich sprach der General die Gebetsformeln. Er kannte jedes Wort und sprach es im gleichen Moment wie Don Antun aus. Dessen Tenor, fast schon ein Sopran, war charakteristisch für die Priester der damaligen Zeit, der General setzte dem als männliche Unterlage seinen Bassbariton entgegen. Don Antun zwitscherte wie eine Möwe, Drinjanin brummte wie ein Panzer, und es war, zumindest in Karlos Ohren, eine perfekte Frühmette. Keines der Oratorien und Symphonien, Requiems und Passionen, keine der musikalischen Quälereien und Kreuzigungen, die er als erwachsener Mann hörte, konnten sich mit dem Eindruck messen, den dieser schlichte Zusammenklang zweier Männerstimmen hinterließ, unter den Gehängten, auf denen sich der Morgentau sammelte, während sich der süßliche Duft von Weihrauch und der süßliche Geruch verwesender menschlicher Körper mischten.

Der General verließ die Kirche vor Ende der Messe.

Sie mussten aufstehen, damit er aus der Bank kam. Seine Freunde gingen nicht, sondern sahen Mama Cica mit ungezogener Offenheit an und glotzten auf die noch immer jungen, kräftigen Brüste mit Brustwarzen, die sich unter der glatten, schimmernden schwarzen Seide abzeichneten und, während General Drinjanin an ihr vorbeiging und sie wahrscheinlich streifte, eine dankenswerte kroatische Bereitwilligkeit signalisierten. Unter dem Blick der beiden betete Mama Cica inbrünstig zu Gott, während sich diese, zusätzlich erregt von der Tatsache, dass das Kind der Frau zusah, an ihr weideten, sich an ihr vergingen, ihren Körper wie ihren Geist entehrten, während sie traurig und unzufrieden in metaphysischen Sphären dahinglitt.

Damals sahen sie General Drinjanin zum letzten Mal, und damals war Karlo zum letzten Mal in der Kirche. Keine fünfzehn Tage später kam die Freiheit, Partisanen in staubigen Stiefeln und Opanken, dreckig und verschwitzt, sie rochen nach Zwiebeln und Desinfektionsmitteln, Mottenpulver und Fäkalien. Mama Cica ekelte sich die ersten Tage vor ihnen, schimpfte über sie und schlug Karlo, der die Formel einfach nicht behalten konnte, in der weder Mona Grazia noch Modistin vorkamen, aber dann gewöhnte sie sich an sie, drängelte sich an ihre Körper und MGs, wenn sie die Aleksandar-Straße, die inzwischen nach Tito benannt worden war und zuvor Pavelić-Straße geheißen hatte, entlangging, und gewöhnte sich schnell an die Gerüche des Kommunismus.

Und der Vater, der unsichtbare Vater, der so leicht aus jeder Erinnerung verschwinden sollte und nicht in Professor Karlo Adum weiterlebte, jedenfalls weniger als Winston Churchill oder Aldo Moro, der Vater saß auch unter den Kommunisten nur in der Küche, verfluchte seinen Bruder und kratzte mit vier Fingernägeln in der Wand, bis er vor Schmerz ohnmächtig wurde. An der Kirche musste man vorbeigehen, als sei sie nicht da, ein Albtraum aus der Vergangenheit, das Gespenst auskurierter Mumps. Kamen aus der Sonntagsmesse Bekannte, Verwandte von Papa Ilija, Nachbarn, Männer, mit denen sie sich vor dem Krieg getroffen hatte, Menschen, die sie während des Krieges mit deutschen und italienischen Offizieren gesehen hatte, behandelte sie sie wie Luft. Mama Cica wurde gegrüßt, aber sie sah durch die Leute hindurch, sah, schön, jung und lächelnd, durch deren Körper und Köpfe hindurch eine bessere Zukunft im Vollsinn des Wortes. Sie hatte den Kommunismus gesehen und sich davon überzeugt, dass er nicht bloß leeres Gerede war, sondern etwas Erstrebenswertes, etwas, auf das man sich freuen und für das man seinen noch immer jungen und anziehenden weiblichen Körper einsetzen sollte.

Karlo begriff, dass auf diese Weise das Leben von Zeit zu Zeit von neuem beginnt, dass das Leben aus mehreren kleinen Leben besteht, in denen die Menschen ihre Gesichter wechseln. Bis zum letzten, mit dem man vor Gott tritt.

Wirklich vor Gott?

Wie viele alte Menschen fürchtete sich Professor Karlo Adum vor der Antwort auf diese Frage. Letztes Jahr hatte er die Fünfundsechzig vollendet, bald schon würde er noch ein Jahr älter sein; er hatte alle seine Angehörigen zu Grabe getragen, deutlich spürte er die Schwerkraft der Erde, und er wusste zuverlässig, dass vor ihm nur Leere war und nichts sonst. Die Angst vor dieser Leere konnte er nur abwenden, wenn er eines Sonntags seine Scham überwand und die Schwelle zur Kirche in Siget übertrat.

Jetzt, weit weg von Zagreb, hatte er wie immer bei solchen Gelegenheiten den Eindruck, dass ihm alle Kirchen der Welt offen stünden, also auch die in Siget; wenn er wieder daheim wäre, wollte er hineingehen und Gott danken, dass er wohlbehalten von der Reise zurückgekommen war.

Bevor Mama Cica im Sommer 2001 im Krankenhaus in Varaždinske Toplice starb, besuchte er sie ein Jahr lang jedes Wochenende. Manchmal begleitete ihn Ivanka, aber öfter ging er allein. Sie hatten ihm gesagt, Mama Cica sei an Alzheimer erkrankt, ihr Verfall könne dauern und für ihn schmerzhaft sein, obwohl es ihr selbst gar nicht richtig zu Bewusstsein komme. Ihr ganzes Leiden bestehe in einer kurzen morgendlichen Unruhe, hervorgerufen vom Wetterwechsel, und es sei an den Ärzten, ihr auch darüber hinwegzuhelfen. Mama Cica sei im Paradies und habe alles vergessen, was diese Welt vom Paradies unterscheide.

Er hatte Frau Doktor Jambrašić gefragt, wie das sein

könne, dass die Krankheit der Mutter ihn beeinträchtige. Sie sah ihn überrascht an und antwortete: »Vielleicht auch nicht, wenn Sie kalt bleiben.«

Es war eine Beleidigung, eine weitere in der Reihe, die Genosse Šušnjar mit der Etymologie seines Nachnamens angestoßen hatte. Er erinnerte sich an die Jambrašić, sie war damals Parteisekretärin im Rebro und wurde 1990 fortgejagt.

»Ich bin nicht schuld!«, schrie er sie im langen Gang des Krankenhauses an.

»Bitte, mein Herr, beherrschen Sie sich, hier liegen Kranke.«

Er glaubte also, Štefa Jambrašić hätte ihn verschaukelt, und dachte nicht mehr darüber nach, wie die Krankheit der Mutter ihn beeinträchtigen konnte.

In diesem Sommer begann die Hitze früh im Jahr. Ivanka kaufte dreimal in der Woche den *Blauen Anzeiger* und schrieb die Telefonnummern von verkaufswilligen Hausbesitzern auf Hvar, Korčula und Brač heraus. Sie sagte, es sei höchste Eisenbahn, ein Haus zu kaufen, bald wären die Preise so hoch, dass sich nur noch Engländer und Russen Häuser auf den Inseln leisten könnten. Die Kroaten sind Abschaum, pflichtete er ihr bei, Scheiße sind die Kroaten: Sie treiben die Preise in die Höhe, verkaufen wie die Irren und hoffen, dass sie alles zurückbekommen wie beim letzten Mal, als sie an die Serben verkauft und die Häuser in den Neunzigern für einen Spottpreis beziehungsweise für umsonst wiedergekriegt haben. Aber die Engländer sind keine Serben, auch die Russen sind keine Serben, was jetzt verkauft wird, ist für immer weg. Morgen werden die Kroaten in Dalmatien nur noch Polizisten, Zimmermädchen und Huren sein und debile alte Engländer bedienen. Männer wie Frauen. Der Dalmatiner wird seinen Arsch für gutes Geld bereitwillig einem alten George hinhalten, und der George wird ihn gutmütig tätscheln, bis seine Augen aus den Höhlen treten und ihm das Kroatentum zum Hals heraushängt. Aber selbst dann werden sie die Hoffnung nicht aufgeben, dass es wieder ein 1991 geben wird und aus den serbischen Wochenendhäuschen kroatische Wochenendhäuschen werden.

So redete er mit Ivanka, die sich angewidert schüttelte und ihn zum Schweigen bringen wollte, wenn ihn jemand hört!, er solle kein dummes Zeug erzählen, doch er trieb es immer toller. Er wollte ihr das Wochenendhaus vermiesen, ihn entsetzte die Vorstellung, dafür ein Darlehen aufzunehmen, aber das konnte er ihr nicht offen sagen, sondern beschrieb immer anschaulicher und anatomisch detaillierter dalmatinische Zimmermädchen, die junge, nervöse russische Mafiosi oral befriedigten, während diese telefonisch einen Mord in Moskau bestellen, und dalmatinische Stricher, die es mit melancholischen, poetisch gestimmten, pensionierten Schuhmachern aus London treiben.

Und eines Samstags erkannte ihn Mama Cica zum ersten Mal nicht mehr.

»Wer sind Sie eigentlich, Genosse, dass Sie mich behelligen, während ich mich auf den Empfang von Genossen Rato Dugonjić vorbereite? Kennen Sie Rato Dugonjić? Machen Sie sich aus dem Staub, sonst landen Sie im Knast.«

»Mama, sei nicht verrückt, ich bin's, dein Sohn Karlo.«

Da lachte Mama Cica wie verrückt. Sie wäre fast erstickt vor Lachen, die Schwester musste ihr mit der Hand auf den Rücken hauen, damit sie Luft bekam, denn Mama Cica hielt es für sehr witzig, dass der alte Kerl ihr Sohn sein wollte. Wo gibt es denn Söhne, die dreimal so alt sind wie die Mutter? Denn sie war eine junge Schneiderin aus Sarajevo, Vorsitzende des Stadtrats für den Innenstadtbezirk und hohe Würdenträgerin beim Roten Kreuz, und sie hatte keine Zeit zu verlieren. Übers Wochenende sei sie zusammen mit ihrer Brigade zum Stadionbau in Koševo gewesen, dort würde die Jugend eines Tages Genossen Tito empfangen. Sie müsse Genossen Rato Dugonjić den Bericht übergeben, wie weit der Bau gediehen sei, und der Alte da halte sie auf. Behaupte, er sei ihr Sohn, und dabei war er älter als der Ustascha-Verbrecher Ademag Mešić.

Professor Adum war erschüttert, wie schnell Mama Cica den Kontakt zur Wirklichkeit verloren hatte. Vergangene Woche noch hatte sie sich ganz normal mit ihm unterhalten. Deswegen fuhr er am Sonntag, diesmal mit Ivanka, wieder nach Varaždinske Toplice. Er nahm seine Frau mit, damit es ihm nicht so schwer fiel, wenn ihn Mama Cica nicht erkannte, und ließ sie vorgehen.

»Ah, schön, ah, da ist meine Schwiegertochter«, freute sich Mama Cica, »mein Liebes, du bist lange nicht da gewesen, bestimmt schon einen Monat, ich weiß, ich weiß, dir fällt die weite Fahrt schwer. Wenn mir jemand erzählt hätte, dass es erwachsenen Menschen auf ihre alten Tage noch im Auto schlecht wird, ich hätte es nicht geglaubt, von dieser Krankheit haben die Ärzte auch noch nichts gehört, ich habe mich erkundigt. Aber du bist mich besuchen gekommen, meine Liebe ...« Sie unterhielt sich mit Ivanka, ihm klopfte sie ein paar Haarschuppen vom Revers und richtete seine Krawatte: »Schau ihn dir an, jetzt ist er schon so alt und kann sich immer noch nicht die Krawatte richtig binden!«

Am folgenden Samstag fuhr er wieder allein nach Varaždinske Toplice. Mama Cica saß in ihrem Sessel und rührte sich nicht. Dumpf sah sie vor sich hin, die Augen wie aus Holz geschnitzt, allerdings wie von Oma Penavuša geschminkt und angemalt. Die Hände hielt sie willenlos im Schoß, jeder Fingernagel hatte eine andere Farbe, der eine grün, der andere gelb, der dritte braun. Es waren Filzstifte, die man den Alten morgens zu therapeutischen Zwecken gab, damit sie ihre Wohnungen, Arbeitsplätze, Wochenendhäuser, das Dubrovnik ihrer Jugend und die tiefen slawonischen Wälder malten. Unser größter Sprachwissenschaftler, Flis, der Tuđman seinerzeit ein gewisses Sprachverständnis beibringen wollte und zum Teufel schickte, als der nicht auf ihn hörte, zeichnete ein Haus mit zwei Fenstern und einer Tür und darüber eine große lachende Sonne mit Schnurrbart.

»Warum hat die Sonne einen Schnurrbart?«, fragte Doktor Jambrašić.

»Damit es schöner aussieht und die Kinder sich nicht fürchten!«, antwortete der Akademiker fröhlich.

Mama Cica schnappte sich die Filzstifte vom Tisch und malte sich heimlich die Fingernägel an. Die Schwester hatten es ihr verboten und ihr die Farben weggenommen, woraufhin sie sich wie eine geschlagene Hündin hinter den Schrank zurückzog und leise winselte. Keiner merkte, wann sie wieder hervorkam und sich neue Filzstifte holte. Nachdem alle Fingernägel bunt waren, zog Mama Cica Pantoffeln und Strumpfhosen aus und malte sich die Fußnägel an.

Jeden Montag und Freitag veranstaltete der Schwesternrat eine Großreinigung von Mama Cica. Es begann morgens mit dem Klistieren – was Mama Cica mächtig imponierte, so dass sie während des Rituals von sich wie von George Eliot, Alma Mahler oder Sarah Bernhardt sprach. Als Nächstes standen, zusammen mit anderen Patienten, Haarewaschen und Baden an, und dann wurde Mama Cica bis zum Abendessen mit Aceton, diversen Cremes und anderen kosmetischen Präparaten von ihren zahlreichen Schminkrückständen befreit. Am längsten dauerte das Säubern der Fingernägel.

Danach war sie sehr traurig. Während sie von der Schminke befreit wurde, gefiel sie sich in der Rolle eines

Mitglieds des Bundes der sozialistischen Jugend, das für seinen Hang zu bürgerlichen Genüssen – Schminke, Spitze und Büstenhalter – bestraft wird.

»Bitte schert mich nicht ganz kahl!«, bat sie.

Karlo stand vor ihr, zerstört, allein und kurz davor, in Tränen auszubrechen. Sie sah ihn an, als wäre er eine Wand.

»Wer bin ich?«, fragte er.

Sie zuckte zusammen, erwachte wie ein indischer Mönch aus einer sechsmonatigen Meditation, und der Glanz kehrte in die Augen zurück, als sie ihn ansah: »Niemand. Niemand. Niemand«, wiederholte sie heiter.

»Wie, Niemand?, hörst du, was ich sage?«

»Sehr gut«, sie lachte, »du bist niemand, mein Glück, du willst mich prüfen.«

»Cica, ich bin dein Sohn.«

»Ach Gott, das könnte sein, aber du bist es nicht, du bist niemand.«

»Ich bin dein Sohn.«

»Da fehlte nicht viel, ich habe mich von dem Trottel schwängern lassen, es war Winter, Minus zwanzig, Ende März 1940, als ich schwanger wurde. Da hatte er noch alle zehn Finger, aber ich wusste genau, was das für einer war.«

»Siehst du, du erinnerst dich genau, ich bin am 27. Oktober 1940 geboren.«

»Bist du nicht!«, lachte Mama Cica und ließ die Hände tanzen, »bist du nicht, mein Glück, ich habe das

ganze Geld aus der Schublade genommen, eine Fahr-
karte gekauft und bin zur Frau Generalin Vinograd
Natalija nach Belgrad, gegenüber Bajlonova Pijaca, und
die hat dein Herz mit einer Stricknadel durchstochen.
Ich habe dich ausgeblutet, mein Lieber, und das war das
Klügste, was ich im Leben gemacht habe.«

»Sag das nicht.«

»Und jetzt kommst du als Niemand, um mich daran
zu erinnern.«

»Mama, du bist krank.«

»So ist es, ich bin krank. Schlimmer noch, ich sterbe.
Jedes Mal, wenn Schwester Slavka die Bettwäsche wech-
selt, denke ich, es ist das letzte Mal, und schnüffle an
dem frischen Leintuch. Lavendel, mein Lieber, die Lein-
tücher riechen nach Lavendel, nach Hvar, ein letztes
Mal, und das ist schön. Nie war ich glücklicher als jetzt.«

»Und du hast vergessen, dass du mich geboren hast.
Das ist Alzheimer, du bist senil, dement, aus dir ist der
Geist raus wie aus einer Flasche Mineralwasser.«

»Oder Coca-Cola, Fanta oder Sprite! Unser Papst
Johannes Paul starb, Gott gebe ihm sein schönstes Gemach, und er trank dieses Sprite. Mir schmeckt es nicht,
weißt du. Es kommt mir vor wie Parfum mit Kohlen-
säure. Aber ihm, dem Märtyrer, schmeckte es. Ihm zu
Ehren bitte ich sonntags nach der Messe um Sprite, aber
sie geben mir nie Sprite, sie halten mich für eine verrückte Oma, für verwirrt, deswegen geben sie mir ver-
dünnten Himbeersirup. Ich trinke ihn und tue so, als
wäre es Sprite. Wenn's ihnen Spaß macht, warum nicht.

›125‹

Alzheimer, sagst du? Der Papst hatte Parkinson. Das ist etwas anderes und doch auch wieder ähnlich. Gehirnzellen sterben ab. Wenn es ihnen Spaß macht, sollen sie es Alzheimer nennen. Mir ist es ganz egal.«

»Mich würde es freuen, wenn du wieder meine Mama Cica wärst.«

»Ach ja«, lachte sie, »na ja, tut mir leid, aber ich kann dich nicht aufmuntern, wenn es dich gar nicht gibt, es gibt dich nicht, Gottseidank, durchstochen von der Nadel der Frau Natalija, mit der Nadel, mit der sie ihrem Enkel Serjoža einen Pullover gestrickt hat. Serjoža ist früh gestorben, vielleicht 1963, sein Herz ist stehen geblieben, als er sich auf Zaostrog sonnte. Damals dachte ich zum ersten Mal, gut, dass es dich nicht gibt. Hätte Frau Natalija Serjoža rechtzeitig das Herz durchstochen, hätte sie nicht so viel Kummer gehabt. Es hat sie umgebracht, die Ärmste, als man ihr von seinem Tod erzählte. Sie haben ihn nicht mehr lebend nach Ploča gebracht. Sie hat sich nie mehr davon erholt.«

»So, und jetzt geh und komm wieder, damit du mich glücklich machst«, sagte sie noch, und Professor Adum, der alte Professor, stand noch lange mitten im Zimmer, während ihm die Tränen über die Wangen liefen. Später brachten ihn die Schwestern in die Ambulanz, und Doktor Jambrašić gab ihm ein Beruhigungsmittel.

Die alte Parteitante rammte ihm die Spritze so grob in den Arm, dass er zwei Wochen weh tat.

Er schlummerte ein wenig auf einer Liege, dann fuhren sie ihn mit dem Krankenwagen zurück nach Zagreb.

Ivanka holte den Volvo am nächsten Tag von Toplice ab. Natürlich schaute sie kurz bei Mama Cica vorbei.

»Hat sie dich erkannt?«, fragte er sie.

»Ja«, Ivanka konnte nicht lügen.

Mama Cica quälte ihn in jenem Sommer so, dass er sich ihren Tod als Erleichterung vorstellte. Sie erkannte ihn nur, wenn ihn Ivanka begleitete, kam er allein, war er entweder ein Unbekannter oder ein Niemand. Nur einmal gelang es ihm, sie mit seinen Nachfragen aufzuregen, sie schrie ihn an, er solle doch bitte sagen, was er sei, wenn er schon behaupte, er sei was. Ein Mensch? Das reiche nicht. Jeder Mensch ist immer noch etwas. Geschichtslehrer? Aber ich bitte dich, das kann auch ein totes Buch von sich sagen, selbst ein Computer könnte sich als Lehrer ausgeben, und zwar für Geschichte. Ein Mensch ist im Unterschied zum Buch und zum Computer immer noch etwas anderes. Was noch?

»Wer das nicht weiß, der weiß nichts!«, triumphierte sie am Ende wie ein kleines Kind.

Mit Ivanka hingegen erzählte sie wie eine Frau der anderen, und sie mochte ihre Schwiegertochter in diesem Sommer wie nie zuvor.

»Pass auf dieses mein Unglück auf«, sagte sie und zeigte auf Karlo, »der kennt sich ohne dich nicht aus.«

Am letzten Tag, es war ein Mittwoch, klingelte das Telefon im Lehrerzimmer, und die Rektorin platzte mitten in seinen Unterricht.

»Ist meine Mutter gestorben? Sagen Sie es mir, ich rechne damit, spannen Sie mich nicht auf die Folter.«

»Sie ist nicht gestorben, aber Sie müssen sofort zu ihr fahren.«

Am anderen Ende der Leitung war Jambrašić. Kühl teilte sie ihm mit, seine Mutter wünsche ihn zu sehen, er werde nicht mehr lange Gelegenheit haben, ihr diesen Wunsch zu erfüllen.

Ivanka wollte mitkommen, aber er verwehrte es ihr. Sie drängelte, bis er anfing zu schreien.

»Das ist die letzte Möglichkeit, allein mit ihr zu sein und alles zu sagen, was ich ihr zu sagen habe!«

Sie ließ ihn gehen, aber unter der Bedingung, dass ihn jemand fuhr. Der Postbote erklärte sich dazu bereit. Bis Varaždinske Toplice wechselten sie kein Wort. Dort angekommen, wartete der Postbote in dem Kafić neben dem Parkplatz auf ihn. Professor Adum kam gegen Mitternacht zurück.

»Wie steht's?«, der Postbote hielt ihm die Hand hin.

»Es ist aus«, antwortete er, wobei seine Arme wie zwei trockene Stockfische neben dem Eingang zum Supermarkt leblos hin- und herschaukelten.

Was sich drinnen abgespielt hatte, behielt er für sich.

Mama Cica hatte ihn erkannt. Sie war sehr verängstigt, versuchte, die Luft um sich herum zu umarmen, suchte seine Hand. Am Abend zuvor war sie plötzlich erblindet. Vermutlich eine atypische Blutung im Gehirn, hatte die Jambrašić gesagt. Er wich aus, floh vor den Armen, die ihn genau genommen nie so umarmt hatten, wie eine Mutter ihre Kinder umarmt, wenigstens in seiner Vorstellung, und Mama Cica weinte, bat, er solle sie halten, sie nicht aufgeben, sie beschützen.

Als sie sich ein wenig beruhigt hatte, sagte sie, sie wisse, dass sie gehen müsse, und wie sehr es ihr leid tue, dass sie ihn nicht sehen könne. Er schwieg die ganze Zeit. Ihn hatte die Wut gepackt, und das machte ihm Angst. Er befürchtete, er könnte sie schlagen. Er suchte nach einem Punkt, an dem er sie bemitleiden konnte, einen Punkt, an dem er zusammenbrechen und ihr um den Hals fallen konnte. Er wusste, er würde es bedauern, wenn er sie nicht umarmt hatte.

Aber er brach nicht zusammen. Weder da noch einige Stunden später, als sie um den Geistlichen bat.

»Gemach, er wird kommen«, sagte er zu ihr. Aber als ihn die Schwester auf dem Gang fragte, ob sie den Geistlichen rufen solle, antwortete er, sie solle sich nicht unterstehen. Weder sie noch die verrückte Jambrašić.

»Heute Nacht wird es hier keinen Popen geben!«, brüllte er.

Später kam ein Mönch mit langem weißen Bart, und Professor Adum schickte ihn zum Teufel. Von der anderen Seite der Tür bettelte Mama Cica, der Mönch solle hereinkommen.

»Nur über meine Leiche«, schrie er, »ihr habt mein Leben ruiniert!«

Der Mönch sah ihn an, wusste nicht, wie er reagieren sollte, so einen Fall hatte er noch nicht gehabt. Eine halbe Stunde später hörte Mama Cica auf zu atmen. Sie hatte ihr Leben buchstäblich ausgehaucht. Professor Adum drehte sich um und ging wortlos hinaus.

»Wie steht's?«, der Postbote hielt ihm die Hand hin.

»Es ist aus«, antwortete er.

Auf dem Rückweg nach Zagreb erzählte er ihm von den Problemen, die ein gewisser Meursault hatte, als seine Mutter starb. »Das ist schrecklich«, der Postbote schüttelte sich. Umsonst versuchte ihn Professor Adum vom Gegenteil zu überzeugen. »Und wie ist er selbst gestorben?«, fragte der Postbote. »Sie haben ihn zum Tode verurteilt«, sagte ihm der Professor. »Zu Recht«, befand der Postbote. Und so fuhren sie unter Lachen und Scherzen bis Zagreb.

Die Beerdigung am Mirogoj war wie die Beerdigung eines Spatzen. Klein und traurig. Den Professor besänftigte die Anwesenheit zweier Greise, Herr Mirzet Fetahagić, gebürtiger Zagreber mit seinen fünfundneunzig Jahren, und der fünfzehn Jahre jüngere Herr Petar Srzentić von der Boka Kotorska, die sich über der Grube mit jener lebendigen Männerfeindschaft giftige Blicke zuwarfen, die Männer Löwen oder Tigern am ähnlichsten macht und die, allgemein gesprochen, die edelste Feindschaft unter Menschen ist. Dem Herz liegt es nahe, sich wegen einer Frau zu bekriegen, nicht aus staatlichen, religiösen oder politischen Gründen.

Außer den beiden war nur noch Ivanka dabei.

Die vier Totengräber ließen den Sarg in die Grube, keiner fragte, warum kein Geistlicher anwesend war, denn sie erinnerten sich nicht mehr, welcher Religion die Verstorbene angehört hatte.

Karlo hatte sich an Mama Cica gerächt, indem er Gott vor ihr versteckte, als sie ihn zum ersten Mal im Leben brauchte.

Er fuhr noch immer durch Brachland an Ruinen und Minenfeldern vorbei, fuhr durch die Posavina, in der wundersamerweise nur die katholischen Friedhöfe instand gehalten wurden. Auf ihnen waren die Minen entfernt und englischer Rasen gesät worden, die Grabsteine aus schwarzem und weißem Marmor, die vergoldeten Kreuze und die ordentliche Friedhofskapelle glänzten. Auf jedem Friedhof, an dem er vorbeifuhr, waren Besucher zu sehen. An der Straße parkten Autos mit Kennzeichen aus Zagreb oder Slavonski Brod. Trotz Werktag vollführten die vertriebenen Bosnier, deren Häuser sich in antike Ruinen verwandelt hatten, ihr Totenritual. Sie genossen es einfach, dass sie mitten im Nirgendwo, in einem Land voller Müll, Unkraut und rostiger Minen der Jugoslawischen Volksarmee die Ruhestätten ihrer Toten in Ordnung brachten und sich über die umliegenden Serben durch den glänzenden Status des Todes bei den Kroaten erhoben. Den Serben fiel es nämlich im Traum nicht ein, ihre Friedhöfe so in Ordnung zu halten. Der Professor kam an zwei, drei vorbei. Zugewuchert mit Gräsern wie alle Friedhöfe der Welt, ohne Besucher, und nur ab und zu gelbe Kerzen aus Bienenwachs und Plastikblumen. Tuđman hatte die Kroaten gelehrt, auf die Kunst des Sterbens stolz zu sein, auf ihre zahlreichen Leichen, auf ihre Grabmäler und die scheußlichen Zenotaphe für die gefallenen Freiwilligen, auf das Blattgold an ihren Friedhofskreuzen und darauf, dass es die kroatischen Dörfer in der Posavina nicht mehr gibt, während die kroatischen Friedhöfe wie nie zuvor florieren.

Was wäre jetzt, überlegte er, wenn er aussteigen und zu der Frau in Schwarz gehen würde, die an dem Denkmal kniete, und ihr eine Kugel in den Kopf jagte?

Weiterhin fand er die Gedanken zur Pistole wirklich aufregend. Seit er in Zagreb aufgebrochen war, hatte er in Gedanken mindestens zwanzig Menschen umgebracht. So wird man also ein Massenmörder auf amerikanische Art. Du beschaffst dir eine Waffe, dann merkst du, was du alles versäumt hast, weil du unbewaffnet durch die Welt gegangen bist.

Die Tafel, auf der Doboj steht.

Noch nie war er in der Stadt gewesen, aber Doboj als Begriff erschien ihm noch viel größer und wichtiger als Derventa. Er fuhr durch langgezogene Vorstädte, eigentlich hässliche Siedlungen voller Reifenhändler, Schrottplätze und Waschanlagen, Kneipen mit kyrillischer Aufschrift, Kinder, die über die Straße sprangen, und angefahrene Hunde und Katzen, die nach dem Zusammenprall mit dem Auto fünf-, sechsmal wie Delfine hochschnellten, hinter sich eine Blutspur herzogen und schließlich unter die Räder des nächsten Autos gerieten. Der Professor hatte den Eindruck, dass man hier absichtlich Katzen auf der Landstraße überfährt. Den

Leuten ist langweilig, es ist nichts los, schon lange kein Krieg mehr, die internationale Verwaltung hat alles verboten, was die Menschen in dieser Gegend aufregend finden, und so bleibt ihnen nichts anderes übrig, als Katzen zu überfahren.

Wieder standen aus einigen Latten zusammengezimmerte Verkaufsbuden an der Straße, in denen Musik- und Film-CDs verkauft wurden, und Professor Adum erinnerte sich an den Film *Fanny und Alexander*. Er hatte ihn mit Ivanka im Kino Balkan gesehen, das war wahrscheinlich in den achtziger Jahren gewesen, an einem Freitag um die Mittagszeit hatte er die Karten für die Neun-Uhr-Vorstellung gekauft, sie benahmen sich wie alte Leute, obwohl sie erst Mitte vierzig waren, setzten sich in die erste Reihe im Rang, hielten sich an der Hand, lachten über den Onkel im Film, und als sie wieder zu Hause waren, sagte der Professor, er könnte ab jetzt jeden Freitag ins Kino gehen. Sie fand die Idee schön, es war, als hätte das Leben an diesem Freitag kurz vor Mitternacht von neuem begonnen, und danach waren sie nie wieder ins Kino gegangen.

Er hielt vor einer Bruchbude, über deren hölzerner Auslage BUTIQUE KOD NIKOLSONA stand. Entlang der Wände reihten sich Hunderte von CDs, und ein Mann mit schwarzer Wollmütze, der kaum älter als zwanzig sein konnte, stand mit verschränkten Armen da und grinste. Statt sich auf den Professor zu stürzen und ihm seine Waren anzupreisen oder ihn wenigstens zu begrüßen, grinste der Mann nur.

Er sah ihn an, und ihm fiel ein, dass er die Pistole im Auto gelassen hatte. Es konnte nicht gut ausgehen, wenn er sie ständig von der Jackentasche ins Handschuhfach und zurück räumte. Er begriff nicht, warum der Kerl ihn so komisch angrinste, als würde er ihn kennen.

Er sah sich die CDs an, fotokopierte Schutzhüllen auf billigem Papier, Jelena Karleuša, Izvorinka Milošević, Magazin, Halid Muslimović, Nedeljko Bilkić, Parni Valjak, Bijelo Dugme, Ceca, Luis, Selma Bajrami, Marko Perković-Thompson.

Da wandelte ihn ein gewisses Unbehagen an. Thompson in Doboj, zwischen kyrillischer Schrift und unrasierten Serben, die nach Sliwowitz stinken. Er erlebte ihn als einen der Seinen in einer fremden Welt und zog ohne weitere Absichten die CD aus dem Regal. Er erinnerte sich nicht an dieses Cover und drehte die CD um, um die Titel zu lesen. Auf der Disc war nur ein Titel, *Jasenovac i Gradiška Stara*. Hastig stellte er die CD wieder zurück.

»Es ist nur eins, aber das ist zwanzigmal drauf, damit Sie nicht jedes Mal neu starten müssen, wenn Ihr Player keine Wiederholfunktion hat«, sagte der Verkäufer mit der Wollmütze hinter ihm.

»Ich schau mich nur um.«

»Kaufen Sie, in Kroatien wird das Lied nicht verkauft.«

»Nein, das ist nicht meine Musik«, rechtfertigte er sich.

›134‹

»Keine Angst, kaufen Sie es ruhig. Ich höre es auch, obwohl ich Serbe bin, und das von Kopf bis Fuß«, lachte Nikolson. »Wenn einer ein Lied gut singen kann, und das kann euer Thompson nun wirklich, dann ist das gut. Und das über die Neretva, wie wir massakriert in der Neretva treiben, ist sein bestes Lied. Das ist wirklich sein bestes. Schauen Sie, ich kriege richtig Gänsehaut«, behauptete er.

»Kommen Sie mir nicht mit so was. Diese Schweinereien interessieren mich nicht.«

»Das sind keine Schweinereien, mein Herr«, Nikolson wurde ernst. »Das ist das Leben und das Lied. Ich mag es nicht, wenn die Texte nichts mit dem Leben zu tun haben. Und dass in dem Lied Serben abgeschlachtet werden, lieber Gott, das ist nicht schlimm, morgen schlachten wir die Kroaten, aber wir werden kein Lied daraus machen können. Wir können höchstens Thompson bitten, seins für unseren Markt ein bisschen zu überarbeiten. Meinen Sie, dass er das könnte? Hier, ich schenke Ihnen die CD, das kommt von Herzen, nehmen Sie sie mit nach Zagreb und schämen Sie sich nicht für die Dinge, wie sie sind. Wenn sich einer für das, was ist, schämt, das ist das Schlimmste.«

»Das bin ich nicht.«

»Egal, beschämen Sie mich nicht«, sagte Nikolson und packte die CD in eine Plastiktüte, auf der kyrillisch VUK KARADŽIĆ ĆELINAC stand.

Professor Adum nahm die Tüte, um ihn nicht zu provozieren, und ging zum Volvo. Er fragte nicht nach

Fanny und Alexander. Er wollte so schnell wie möglich von dem Mann weg, der mit seiner Wollmütze auf dem Kopf wieder mit verschränkten Armen und diesem Grinsen an seinem Platz stand.

Ganz wie Jack Nicholson, das begriff der Professor erst, als es zu spät war, Jack Nicholson aus *Einer flog über das Kuckucksnest.* Deswegen brauchte er die Mütze.

Er fuhr an schönen, gepflegten Wohnhochhäusern mit riesigen Parkplätzen vorbei, auf denen kaum Autos standen. Hinter diesen Fenstern wohnten Menschen, vor denen sich der Professor fürchtete und die er nicht kannte, denn vor langer Zeit, als er noch ein Knabe war, hatte er beschlossen, niemals zurückzukehren. Aber von diesen Menschen hatte er den Akzent zurückbehalten, einen harten, reinen štokavischen Akzent, mit dem nur auf der Polizei und beim Vorlesen in der Schule gesprochen wird. Daher rührte auch seine Unfähigkeit zu dem schönen, gnädig stimmenden, sorglosen Zagreber Zungenschlag, die Unfähigkeit, wie ein Stein in einem tiefen Brunnen zu verschwinden und damit seiner Flucht Lebenssinn zu geben. Aber Karlo Adum wäre leichter Japanisch, Malaiisch oder Paschtunisch über die Lippen gegangen, als dass er beispielsweise das Wort kaj natürlich hätte aussprechen können. Seine Zunge war so knubbelig wie eine Knolle.

Hinter Doboj war die Grenze, und die kyrillische Schrift verschwand. Adum überquerte eine Brücke, unter der ein Bach floss, den die Einheimischen vermutlich Fluss nannten, und die Schilder änderten sich. Plötzlich standen hinter den ebenen, überwucherten Feldern Berge, dazwischen kleine, zerstreute Dörfer und die schlanken weißen Bleistifte der Moscheen. Es war nicht nur ein anderes Land, es lebte auch in einer anderen Zeit. Zwischen den toten Dörfern der Posavina und den gepflegten katholischen Friedhöfen, auf denen Rasen wie in Wimbledon wuchs, entlang endloser Minenfelder und dem Gestrüpp, das auf ihnen wucherte, herrschte das zweiundzwanzigste Jahrhundert. Das Zeitalter nach Gott, nach den Menschen und all ihren Bibeln, tot und endgültig. Aber auf dieser Seite, unter den Bergen und neben hässlichen Betonimitationen der Geschichten aus tausendundeiner Nacht, Kneipen und Nachtklubs, die *Havaji*, *Holivud* oder *Bagdad* hießen, mit dem beruhigenden, tröstlichen Blick auf kleine Dörfer und die Moscheen dabei, war man an der Wende vom siebzehnten ins einundzwanzigste Jahrhundert.

Der Professor gefiel sich in der Rolle des Touristen, bestaunte die stillgestandene Zeit, aber dann erblickte er auch auf dieser Seite Bretterbuden mit Hunderten von CDs und DVDs. Er bremste unvermittelt – hätte er jemanden hinter sich gehabt, hätte Gottweißwas passieren können – und fuhr direkt vor einen Laden.

»Haben sie *Fanny und Alexander*?«, fragte er das Mädchen hinter dem Verkaufstresen, das höchstens zwölf Jahre alt sein konnte. Sie trug ein schwarzes T-Shirt mit roten lateinischen Buchstaben: NIEMALS VERGESSEN!!! Er betrachtete die Aufschrift.

»Was ist das?«, fragte sie.

»Ein Film.«

»Was für ein Film, wir haben fünfhundert hier und können tausend andere bestellen.«

»Ein schwedischer Film.«

Das Mädchen sah ihn überrascht an – der Professor starrte weiterhin auf ihre Brust und wollte begreifen, was man niemals vergessen sollte –, drehte sich um und verließ wortlos den Raum.

Sie kam mit einem hageren blonden Jungen zurück, der wie ihr Bruder aussah.

»Kann ich Ihnen helfen?«, sagte er unfreundlich.

»Den Film *Fanny und Alexander.*«

»Was ist das für ein Film?«

»Ein schwedischer von Bergman.«

Der junge Mann lächelte und wurde plötzlich freundlich. Jetzt erst merkte der Professor, wie wütend er zuvor gewesen war. Doch plötzlich war die Wut wie weggefegt.

»Wissen Sie, solche Filme führen wir nicht. Es gibt keine Nachfrage, Sie wissen ja, wie die Menschen sind, Arbeit, Sorgen, Familie, und wenn sie einen Film sehen, wollen sie Spaß haben. Unkultiviert sind sie, die lieben Brüder, Bergman macht ihnen keinen Spaß. So würde ich das ausdrücken. Aber ich kann Ihnen den Film bestellen, er kommt in ein, zwei Tagen.«

Er erklärte, er sei auf der Durchreise nach Sarajevo und wisse nicht, wann er zurückkomme. Er habe wichtige Dinge zu erledigen, welche, dürfe er nicht sagen,

Professor Adum wurde gesprächig, aber diese Dinge seien nicht ungefährlich, und er sei nicht sicher, ob er überhaupt nach Hause zurückkehren werde. »Aber natürlich, warum denn nicht«, tröstete ihn der junge Mann. »Es gibt nichts auf der Welt, wovon ein ehrlicher Mann nicht lebend zurückkommt.« »Junger Mann, Sie wissen nicht, wer ich bin und ob ich ein ehrlicher Mensch bin. Trösten Sie mich nicht mit solchen Einschätzungen«, fuhr der Professor fort. »Ich sehe das«, unterbrach ihn der Junge, »ich habe ein Auge dafür, ich sehe, wer ehrlich ist und wer nicht.«

Und dann zog er sich mit dem Zeigefinger das Unterlid herunter, der Augapfel blitzte auf, und der Professor dachte unwillkürlich, mein Gott, ist der blutarm! Wer weiß, was die hier zu essen kriegen, ob ihm je einer gesagt hat, dass er an Anämie leidet?

Das Mädchen stand dabei und schwieg, seit fünfzehn Minuten hatte sie kein Wort gesagt, sondern Professor Adum betrachtet, und dem schien, sie sei imstande, jeden seiner Gedanken zu lesen. Es gibt Menschen, die so aussehen, besonders Kinder, du bekommst Angst, wenn du siehst, wie sie dich betrachten.

»Gut«, sagte der Junge, »ich bestelle den Film für Sie, sehen Sie, ich habe mir den Titel aufgeschrieben, Ingmar Bergman, Ingmar wie Stenmark, Bergman wie Monica, der Film wird übermorgen hier sein, und Sie kommen vorbei, wann es Ihnen passt! Ob in sieben Tagen oder sieben Monaten. Halten Sie einfach an, wenn Sie mein Geschäft sehen.«

»Wenn ich alles erledigt habe und nach Hause fahre, komme ich auf jeden Fall vorbei.«

»Sie werden das schon alles erledigen, das sehe ich.«

Noch einmal betrachtete er das NIEMALS VERGESSEN!!! Das war sicher ein Film, dachte er, aber es war ihm unangenehm zu fragen.

Als er Gas gab, um noch vor einem riesigen Schlepper auf die Straße zu kommen, der wie eine ganze Autofabrik knatterte, dachte der Professor, dass es schon schön wäre, mit dem Film *Fanny und Alexander* nach Zagreb zurückzufahren und sich freitagabends mit Ivanka vor den Fernseher zu setzen und in den folgenden drei Stunden, in den Sessel gekuschelt, mit Decken über den Beinen den Film wieder zu sehen, für den sie zum letzten Mal im Kino waren. Diese Vorstellung war so schön, dass sie ihn im Nu völlig entspannte.

Er zitterte, ihm wurde schwarz vor den Augen, er erschrak über die glasklare Erinnerung, wie er mit dem Film nach Hause kommt, Ivanka seine Hand hält und aufzählt, wer alles angerufen hat, während er unterwegs war, wie sie die Namen von Zetteln abliest, die sie immer aus dem karierten Notizheft herausriss, das neben dem Telefon bereitlag, und wie er kaum erwarten kann, dass sie fertig ist, weil ihn nicht interessiert, wer angerufen hat, er will nur, dass es Freitag ist und sie den Film schauen.

Nur dass sie keinen einzigen Freitag so glücklich vor dem Fernseher gesessen hatten, wie er sich das jetzt vorstellte. Immer hatte ihn etwas gedrückt und gekratzt,

Ivanka war nervös oder erkältet gewesen, oder es war eine hohe Rechnung für Wasser oder Heizung gekommen.

Er wollte nicht mehr daran denken. Warum packte ihn gerade jetzt nach so langer Zeit unkontrollierte Trauer um Ivanka? Monate hatte er sich davor gehütet, er mochte sich nicht mit Leuten treffen, die ihn an sie erinnerten, er hatte alle Verwandten verscheucht, und Freunde hatten sie ohnehin nicht gehabt. Oder wenigstens so gut wie keine. Er ging nicht mehr in denselben Supermarkt, um Brot und Milch zu kaufen, und den wöchentlichen Großeinkauf tätigte er nicht mehr im Billa, sondern bei Interspar, er mied die Straßen, in denen er mit ihr spazieren gegangen war, und besuchte nie mehr den Markt in Utrina, auch nicht die Bäckerei mit dem Café Rubelj, in dem zu Ivankas Lebzeiten jeden Morgen unser bekannter Schriftsteller mit seiner Frau saß, Kaffee trank und Zeitung las. Das Ehepaar kaufte alle Zeitungen, die sie am Kiosk fanden. Er war finster und lächelte eher aus Verlegenheit denn aus Freundlichkeit, aber er musste lächeln, weil Ivanka an seinen Tisch ging und seine Bücher lobte, die sie alle gelesen hatte. Der Professor versuchte, sie davon abzubringen, das ist dem Mann doch unangenehm, der wird nicht gern beim Kaffeetrinken und Zeitunglesen gestört, aber sie wollte nichts davon hören, sondern fing auch noch ein Gespräch mit seiner Frau an, das auch mal gut zehn Minuten dauern konnte, und sie beide, der Mittelschullehrer für Geschichte und der berühmte Schriftsteller, sahen sich an wie zwei Gentlemen im Tanzsaal der *Titanic*, die darauf warteten, dass ihre Damen den letzten Tanz mit den Schiffskavalieren tanzten.

Nur einmal hatte er sich an ihn gewandt: Wie er in seinem bekanntesten Roman Franz Josef den Ersten, König und Kaiser, Franz Josef den Zweiten habe nennen können? Falsch, mein Herr, hatte der geantwortet, aber die Frage war dem Schriftsteller sichtlich unangenehm und dass der Professor ihn danach beurteilte. Dabei hatte er nur zeigen wollen, dass er das Buch gelesen hatte …

Er ertrug es nicht, ihn wiederzusehen, wenn der Schriftsteller bemerkte, dass Ivanka fehlte, er ertrug nicht, dass die Kassiererin im Laden nach ihr fragte, dass der Verkäufer an der Tankstelle in Sloboština erwähnte, er habe sie lange nicht gesehen.

Als sie starb, hatte er keine Anzeige in die Zeitung gesetzt und nicht zugelassen, dass Todesanzeigen in der Umgebung aufgehängt wurden. Er hatte alles getan, damit andere Menschen, die sie nur vom Sehen kannten, glauben konnten, sie beide würden diesen Freitag vor dem Bildschirm sitzen und *Fanny und Alexander* schauen. Man sah ihnen an, dass sie solche Filme liebten.

Vor trüben Gedanken war er immer auf dieselbe Weise geflohen. Er aß ordentlich. Professor Karlo Adum war nie dick gewesen, seit der Gymnasialzeit wog er fünfundsiebzig Kilo, aber hätte man gewogen, was er im Leben alles gegessen hatte, wäre eine Menge für drei sehr dicke Menschen herausgekommen. So unglücklich war er, so dunkel wurde es in seinem Kopf.

Aber seit gestern Abend hatte er nichts mehr gegessen. Alles mögliche geht einem durch den Kopf, wenn man Hunger hat. Er betrachtete die Restaurants entlang des Wegs und suchte eins, vor dem er halten konnte. Alle paar hundert Meter wurde mit Lammfleischgerichten geworben, *janjetina* hätte er dazu gesagt, *jagnjetina* hieß es hier und das g kratzte in seinen Ohren, ohne dieses g hätte Professor Adum vielleicht gehalten, denn er hatte nichts gegen Lammfleisch am Spieß, aber in dem harten Laut, in dem g lag eine Drohung, eine höhere Fremdheit, die ihn abstieß. Jagnetina ist serbisch, ein verfluchtes kyrillisches Wort, dachte der Professor, und suchte nach Gründen, nicht vor einem der Restaurants zu halten, die *Sultanspalast*, *Anatolien*, *Sidney* und *Methatova Sofra* hießen, und der Buchstabe gab ihm sicher Recht, aber warum betete man dann zum Lamm Gottes mit g: *jaganjac Božji*?

Es wird wohl doch so gewesen sein, dass ihn das g aus anderen Gründen störte. Er fürchtete sich einfach vor denen, die nicht wussten, wie überflüssig dieses g war, oder die aus einer Welt kamen, in der das g nicht überflüssig war. Wegen solch feiner Unterschiede fließen Ströme von Blut. Die Zeit war nicht reif, dass er seinen Beitrag dazu leistete.

Außer Restaurants mit Lammfleisch, vor denen in der spätsommerlichen Sonne weiße Betonschwäne und nachgemachte antike Säulen mit Kapitellen voll falschem Gold und der rostigen Bräune schlechter Armierungen glitzerten, säumten nur kleine, anspruchslose Kneipen und Lokale, die mit Eintopf, Čevapčići, bosnischen Spezialitäten und Burek warben, die Straße, die sich an dem Fluss zwischen den Bergen entlang schlängelte. Dort hätte er schon gehalten, aber er hatte Angst, er könne nicht bestellen, ein Wort falsch aussprechen, sich mit seinem Akzent verraten und als Ausländer erkannt werden, und Professor Adum wollte hier weder als Ausländer noch als Einheimischer erkannt werden. Er wollte niemand sein.

Bei dem ersten Hinweisschild auf Žepče änderte sich die Landschaft. Rechts der Straße stand vor dem Berggipfel neben einem einsamen zweistöckigen Haus ein gewaltiges Betonkreuz. Zur Linken befand sich ein Dorf mit Moschee und einer grünen Fahne auf der Spitze des Minaretts. Zu beiden Seiten der Straße häuften sich Reifenhändler und Geschäfte mit Ersatzteilen für Autos und Waschanlagen. Nirgends waren Kunden zu sehen. Die Leute saßen entweder vor ihrem eigenen Laden und rauchten, den Blick auf die Landstraße gerichtet, oder sie liefen in fettverschmierten Overalls herum. Vor der Kfz-Werkstatt Stipo Okić, Mercedes-Doktor, hielt ein junger Mann einen Gummischlauch so, dass ein älterer Mann sich mit einer Paste aus einer großen runden Schachtel die Hände waschen konnte, was dieser mit unnatürlich schnellen Bewegungen tat, als sei das Wasser eiskalt oder kochend heiß.

Er fuhr langsamer und sah ihnen zu. Der Ältere war vermutlich Stipo Okić, der Mercedes-Doktor, der Jüngere ein Lehrling vom Land. Wahrscheinlich hatte

Doktor Stipo in Deutschland gearbeitet, war in die Heimat zurückgekehrt und hatte dort eine Werkstatt eröffnet. Der Ärmste, er wusste nicht, was auf ihn zukommt. Wäre er klug gewesen, wäre er in Frankfurt oder Berlin geblieben, hätte Kanäle gebuddelt oder für einen türkischen Herrn zwei, drei Jahre alte Mercedesse zum Schrottplatz gefahren, Kinder gemacht, ihnen deutsche Namen gegeben, Paul, Franz oder Ingrid, und mit ihnen so lange Muttersprache und Heimat vergessen, bis er eines Tages kurz vor der Pensionierung nicht mehr Stipo Okić aus Žepče war. Er wäre niemals ein Deutscher geworden, aber er würde jetzt nicht neben der Straße stehen und sich die Hände unter einem Strahl aus einem roten Gummischlauch waschen, im wüsten Niemandsland, zwischen einem hässlichen Betonkreuz und einer fremdländischen grünen Fahne, in der irrigen Annahme, er stehe vor seiner eigenen Werkstatt und auch das Haus hinter der Werkstatt gehöre ihm sowie zehn Ar Land irgendwo oben in den Bergen.

Er bremste, wollte sehen, wie Stipo die Wagenschmiere von den Händen wusch, und wurde so langsam, dass der FAP hinter ihm ärgerlich hupte, weil er mit seinem Anhänger nicht an ihm vorbeikam. Während er Stipo im Blick zu behalten versuchte, war der Professor immer weiter an die Mittellinie gefahren und kurvte mit zehn oder fünfzehn Stundenkilometern wie ein Betrunkener fast über die ganze Straßenbreite. Der FAP-Fahrer war stinksauer und hätte ihm um ein Haar die hintere Stoßstange demoliert und den Lack verkratzt.

Er beschleunigte und hielt kurz danach vor dem Restaurant *Stradun* an.

Vor dem gewaltigen Gebäude mit einer Fassade aus Betonplatten, die an die Steinhäuser in Dubrovnik erinnern sollte, und der Gipsfigur des heiligen Vlaho vor der Eingangstür erstreckte sich ein großer asphaltierter Parkplatz mit eingezeichneten Stellplätzen für Autos, Busse und – gelb markiert – Behinderte. Eine Grafik am Boden wie mitten in Zagreb, der Besitzer war wohl mächtig stolz darauf. Unmittelbar rechts vom Eingang parkte ein silberner Jaguar, der Parkplatz war mit dem Hinweis versehen: Reserviert für 427-D-190, und der Jaguar hatte natürlich dasselbe Kennzeichen.

Am Eingang empfing ihn ein Kellner, gekleidet in die Tracht von Dubrovnik aus einem vergangenen Jahrhundert mit einer roten Kappe auf dem Kopf. Schweigend geleitete er ihn zu einem Fenstertisch, verneigte sich und verschwand. Darauf erschien eine Kellnerin, ebenfalls in Dubrovniker Tracht, mit einem Tablett, auf dem drei Schnapsflaschen standen – Travarica, Grappa und Kirsch – sowie ein Weidenkörbchen mit Mandeln und getrockneten Feigen. Sie setzte es vor ihm ab und entfernte sich wortlos. Dann kam wieder der Kellner mit Gläsern und einem Krug voll Wasser, anschließend wieder sie mit der Speisekarte.

So bedienten sie ihn und redeten kein Wort. Worte waren nicht notwendig. Jede Bewegung saß, perfekt einstudiert, über Monate wiederholt, so lange, dass sie wie Ballerina und Balletttänzer zu dieser Bewegung geworden waren. Er konnte den Blick nicht von ihnen wenden, beide wussten das, und es war ihnen lieb, sie genossen es, sie schenkten dem Gast zum Dank kleine Aufmerksamkeiten, die sich von Mal zu Mal vergrößerten und vertieften.

Er biss in eine Feige und begegnete sofort dem Blick der Kellnerin. In stummem Dank nickte er ihr zu und sah an die Decke hoch, als schaue er in den Himmel und danke Gott für seine Gaben, und es war, als fiele ihr ein Stein vom Herzen, als hätte sie die Feige nur für ihn vom anderen Ende der Welt geholt und als hinge ihr Leben davon ab, dass diese Feige schmackhaft war.

Er schenkte sich von dem Travarica ein und nippte daran. Der Kräuterschnaps roch nach den Kiefern auf Korčula 1972. Er runzelte die Stirn, und sofort traf ihn der verwirrte Blick des Kellners. Darauf nahm er noch ein Schlückchen, runzelte die Stirn noch heftiger, wie ein Angeklagter, der sein Urteil in Den Haag anhört, und schüttelte sich wie ein nasser Hund, der ins Haus kommt – was seit alters her auf dem Balkan nur eins bedeuten kann: Der Schnaps ist gut und stark.

Er sah in die Karte, und die zwei tanzten weiterhin um ihn herum. Sie regelte mit der Fernbedienung die Klimaanlage, er kontrollierte den Weinkühlschrank und zeigte dem Professor im Stil einer alten Operninszenierung, dass das Restaurant *Stradun* über einen speziellen Weinkühlschrank verfügte, was selbst in den besseren Lokalen in Zagreb nicht der Fall ist.

Er war der einzige Gast im Restaurant *Stradun*, und

›147‹

der Volvo war neben dem Jaguar das einzige Fahrzeug auf dem größten Restaurant-Parkplatz, den er je gesehen hatte. Mindestens zweihundert Autos und fünf Busse hatten in den Markierungen Platz.

Die Einsamkeit störte ihn nicht, aber er spürte sie immer deutlicher.

Den Kopf in die in eine Ledermappe eingelegte Speisekarte gesteckt, die ihn an die Ledermappe in den Händen von Miroslav Čangalović erinnerte, wenn der am Tag der Republik das Revolutionsoratorium sang, sah sich Professor Adum verstohlen um. Er wollte sich mit dem Raum vertraut machen, ohne dass die beiden es mitbekamen, sich einen Überblick verschaffen, die Umgebung beschnüffeln und sich so der Unbehaglichkeit entledigen, die Menschen befällt, die sich an einem für sie vollkommen neuen Ort befinden. Er wollte das ohne sie erledigen, ohne ihre Spielchen, Gesichtsausdrücke, Gesten und Vorführungen, aber das war schwierig, denn sie haschten unerbittlich nach jedem seiner Blicke und jeder Bewegung und reagierten darauf mit vollendeter Geübtheit.

An den Wänden hingen Hunderte gerahmter Fotografien verschiedener Größe, aber keine größer als eine Hand, und jede zeigte Dubrovnik. Einige waren bloß Postkarten, immer aus der gleichen Ecke aufgenommen, aus der man die Altstadt mit Hafen und Festungsanlagen sieht, aber die meisten stammten offensichtlich aus einem Privatalbum. Auf diesen im Wesentlichen schwarz-weißen Bildern sah man Teile der Stadt, der

Stadtmauer, die Stradun mit Fußgängern, und auf manchen posierte eine Familie: Vater, Mutter, kleiner Sohn. Direkt neben seinem Kopf, ein Stückchen von der Fensterlaibung entfernt, hing ein Bild, das von der Od Graca aus fotografiert worden war. Neben einem Fiat 1300 stand ein Mann mit gewaltigen Koteletten und dunklen Brillengläsern in kurzen Hosen und einem T-Shirt, auf dem der Professor das Konterfei Josip Katalinskis erkannte. Neben ihm stand eine blonde, breit lachende Frau mit dem Jungen an der Hand. Dessen Gesicht war vom Weinen entstellt. Er sah wie eines der Kinder aus, die binnen Kürze an einer schweren Krankheit sterben. Weit hinter ihren Rücken lag Dubrovnik in der Sonne. Am oberen Rand des Bildes stand mit Bleistift: Juli '75, Mario will Eis statt Mittagessen.

Über dem Tresen hing ein großes kroatisches Wappen, daneben ein Bild von Franjo Tuđman in der weißen Uniform des Admirals, den Blick auf den Horizont gerichtet, auf die kleinen Dubrovniks, die über die Wände verstreut hingen.

Tintenfisch im Schmortopf, Tintenfischsalat, Tintenfisch mit Kutteln, Tintenfischgulasch, Hummer vom Grill, Scampi vom Grill, Calamari vom Grill, Calamari nach Matrosenart, dalmatinisches Rumpsteak, Ziegenschmorbraten, Lammbraten ... las er mechanisch, als sei die Speisekarte in einer Fremdsprache verfasst, lateinisch oder hebräisch geschrieben, erst beim Lammbraten – *jagnjetina* – stutzte er, konzentrierte sich auf das ungewohnte g, das diesmal nicht wie eine Drohung klang, sondern wie der traurige Beweis, dass es kein Entrinnen gibt. Im *Stradun* war alles so hergerichtet, dass man hätte vergessen können, dass man in Bosnien war, in der Nähe von Žepče, alles war bis zur Vollendung einer Transformation und einer an Zauberei grenzenden Demonstration unterworfen, dass es zwischen Žepče und Dubrovnik überhaupt keinen Unterschied gebe, und damit waren die Kroaten aus Žepče anderen Kroaten gleichgestellt, Kroaten von der Ilica oder aus der Vlaška-Straße, aus der Oberstadt, von der Splitska Ulica oder der Stradun, das muss man ihnen zubilligen, denn sie sind stets und überall auf höchst anrührende Weise bereit, ihre kroatische Gesinnung zu beweisen und zu zeigen. Und so gibt es im Land Bosnien, in dem Land der Schrottplätze, Reifenhändler und Betonschwäne, auf diesem Balkan zwischen grüner Fahne und kyrillischer Schrift eine einzige saubere und abgeleitete Werthaltigkeit, gänzlich gegründet auf der Verleugnung seines Selbst und seiner Heimat, es gibt diese traurigen, destillierten Kroaten.

Und doch schleicht sich in ihr Lammfleisch, *janjetina*, ein verräterisches g, *jagnjetina*. Für ein solch winziges, aber hinsichtlich Identität und Herkunft wichtiges Detail sind Menschen schon im Schornstein eines Krematoriums gelandet.

Er winkte dem Kellner.

Dieser glitt wie ein schwarzer Schwan zu seinem Tisch, vollführte eine Pirouette um den Stuhl des Professors und hätte sich ihm beinahe auf den Schoß gesetzt.

»Steak, rosa gebraten, Kroketten mit Käsefüllung und gemischten Salat, bitte.«

»Etwas zu trinken?«

»Danke, ich trinke Wasser. Und vielleicht noch etwas Schnaps.«

»Bitte bedienen Sie sich!«

Er krächzte, als hätte er die Nacht durchgemacht, und hatte den harten, drohenden Akzent der Männer, die am Stadtcafé in Zagreb schwarz Devisen tauschten. Ein solcher hatte ihn 1993 aus heiterem Himmel geohrfeigt. Professor Adum hatte die Polizei gerufen, zu zweit kamen die Beamten aus der Petrinska, aber der Schwarzhändler war natürlich längst über alle Berge. Sie verlangten seinen Personalausweis. Karlo, Name des Vaters Ilija Baltazar, Geburtsort Sarajevo. Und in welcher Beziehung stehen Sie, werter Herr, zu dem Herrn, der Sie, wie Sie sagen, geohrfeigt hat? Sie haben keinerlei Beziehungen zu ihm? Interessant, sehr interessant, auch er ist in Sarajevo geboren, aber Sie haben keine Beziehungen zueinander. Woher ich weiß, dass er aus Sarajevo stammt? Weil die Devisenschwarzhändler alle aus Bosnien kommen, Herr Adum, Kroaten befassen sich doch nicht mit dem Devisenschwarzhandel, während die Heimat blutet!

So hatte der Polizist damals, 1993, vor dem Stadtcafé mit ihm geredet, und der Professor hatte sich das gemerkt, es hatte sich ihm so ins Gedächtnis eingebrannt, dass er es bis an sein Lebensende behalten würde, und er hatte nicht vergessen, wie niedergeschlagen er nach

Hause gegangen war und geschwiegen und auch Ivanka nichts erzählt hatte, er log ihr Kopfschmerzen vor und legte sich ins Bett; sie ließ die Rollläden herunter, damit ihn das Licht nicht störte, und er schlief bis zum Abend und stand dann auf, und als sie fragte, ob es ihm bessergehe, sagte er ja, sehr gut gehe es ihm, nie fühle man sich so gut, wie wenn man keine Kopfschmerzen mehr hat.

Der Kellner hatte dieselbe krächzende Stimme und den Akzent jenes Schwarzhändlers.

Er wollte nicht daran denken. Er betrachtete die Fotografie und wiederholte für sich: Mario will Eis statt Mittagessen. Mario will Eis statt Mittagessen. Mario will Eis statt Mittagessen. Aus dem Lautsprecher drang leise Musik, Buco und Srđan, das Lied von Zelenci, voll hoher Töne, reiner Knabenstimmen und der Atmosphäre der ausgehenden siebziger Jahre. Der Professor schloss die Augen und hörte genussvoll zu. Er spürte einen Luftzug im Gesicht, als tanze die Kellnerin um ihn herum, aber nur solange er die Augen zuließ.

Das Steak wirkte von außen mit fünf schwarzen, verkohlten Strichen, den Spuren der Metallstäbe vom Rost, verbrannt, aber sobald er es anschnitt, schoss rotes Blut aus dem Fleisch, lief über den Teller zwischen die Kroketten und färbte sie ein. Er aß, und was er aß, erinnerte ihn an Krieg, Schützengraben und Heldentod. Wann immer er Steak aß, hatte er die großen Schlachten des Ersten Weltkriegs vor Augen, genoss die rote Farbe des geschnittenen, halb verbrannten Fleisches, so wie es Kindern manchmal gefällt, ein Tier zu quälen. Einmal hatte er Ivanka von seinen Gedanken erzählt, wenn er Steak aß, und sie hatte sich gegraust. Sie hatte sich so sehr gegraust, dass er lügen musste, er habe doch nur einen Scherz gemacht. Danach bestellte er nie wieder ein Steak, wenn sie gemeinsam essen gingen.

Jetzt war er ganz allein auf der Welt, in einem leeren Restaurant, zwischen zwei Balletttänzern, die nur tanzten, und am Tanz gibt es keine moralischen Zweifel, er genoss die Ströme von Blut, die in französischen und belgischen Ebenen vergossen wurden.

Als er die Holzkiste öffnete, in der ihm der Kellner die Rechnung brachte, erklang eine Rezitation von Gundulićs Freiheitslied. Er erkannte die Stimme des Schauspielers nicht, wahrscheinlich war es Šerbedžija, aber die Aufnahme wurde stark beschleunigt abgespielt.

Zum Abschied begleitete ihn ein anmutiger Damenknicks, eine nach der anderen öffneten sich die Türen, der Kellner krächzte, er möge wiederkommen, woraufhin ihm der Professor, ohne zu wissen warum, die Hand auf die Schulter legte.

Auf dem Parkplatz stand immer noch kein drittes Auto neben dem Jaguar und dem Volvo.

Er fuhr weiter und erreichte eine Menschenkolonne in blau-weißen Hemden mit Schals und Fahnen. Anfangs liefen sie neben der Straße, bald schon jedoch in immer größerer Zahl mitten auf der Straße, schwenkten die Fahnen, breiteten die Arme aus, tröteten und tranken aus ihren Bierflaschen und scherten sich nicht um die Autofahrer.

Er drehte das Fenster herunter und fragte, was los sei.

»Das Qualifikationsspiel für die Erste Liga«, antwortete ihm der Polizist, »das Finale aller Finale!«

»Ein wichtiges Match?«, fragte er dümmlich.

Der Polizist sah ihn an und lachte:

»Je nachdem, für euch Zagreber sicher nicht. Aber für uns, wenn wir heute nicht gewinnen, kriegen wir nie mehr eine Chance. Verstehen Sie, es geht nicht um eine Chance in zehn, zwanzig oder hundert Jahren, es geht um jetzt oder nie. Wenn sie uns in tausend Jahren wie die Pyramiden bei Visoko ausgraben, werden sie sagen: Schau, die haben im September 2006 um den Aufstieg in die Erste Liga gekämpft, und dann wird man ein Stöhnen hören wie in einem ausverkauften Stadion.«

»Wird die Straße gesperrt?«

»Selbst wenn, wird es höchstens zwanzig Minuten dauern. So lange braucht es, bis alle im Stadion sind. Das ist nicht Maksimir, nur Ivančića Gumno, aber für uns genauso wichtig wie Maksimir.«

»Würden die mich reinlassen?«, fragte der Professor, weil er nicht wusste, wie er dem Polizisten sonst beweisen sollte, dass er ihr Match nicht gering schätzte.

»Dich?«, der Polizist ging direkt zum Du über. »Was willst du denn da?«

»Schauen, wie ihr euch schlagt.«

»Was kümmert dich das?«, der Polizist lachte.

»Warum sollte es mich nicht kümmern, ich bin Ihnen eben auf meiner Reise begegnet.«

›154‹

»Das hast du jetzt wie ein Hodscha gesagt. Aber gut, wenn du wirklich das Spiel sehen willst, bringe ich dich ins Ivančića Gumno.«

Auf den Tribünen, die aus Baugerüsten und Holzplanken errichtet waren, drängelten sich einige Tausend Menschen mit schwarz-roten Fahnen, Wimpeln und Tröten, Trommeln, Megafonen, Raketen, Nebelbomben und einer lebenden Bärin, durch deren Nase ein großer Eisenring gezogen war. An diesem Ring hing eine Kette, deren anderes Ende ein bärtiger Mann mit Roma-Physiognomie hielt. Ein Mädchen schlug auf dem Tamburin einen Rhythmus, und die Bärin tanzte, dass die Tribüne wackelte. Sobald der Jubel oder die Gesänge im Stadion aufhörten, zog der Bärtige kräftig an der Kette, das Tier brüllte schmerzerfüllt wie eine Schiffssirene bei den großen Spielen. Darauf lachte das Publikum wie in einer amerikanischen Sitcom und machte Witze auf Kosten der Bärin.

»Meine Anđa will sich piercen lassen, ich hab's ihr verboten, solange sie in meinem Haus wohnt. Aber jetzt habe ich es mir anders überlegt, morgen lass ich ihr die Nase durchstechen, und wenn das Match Liverpool-Barcelona ansteht, zieh ich am Ring, wann immer dieser kleine Ronaldinho zu dribbeln anfängt.«

Nach einer Viertelstunde Spaß mit der Bärin – dem Tier lief bereits Blut aus der Nase, und der Zigeuner gestattete ihr, sich auf der Tribüne hinzulegen und die wehe Stelle mit den Tatzen zu bedecken – kam die heimische Mannschaft aus der Blechbaracke, genau genommen einer Garage. Ein unbeschreiblicher Jubel brach los, man schoss aus allen Rohren, der Polizist holte einen Knallfrosch aus der Tasche, hielt das Feuerzeug an die Zündschnur und warf ihn aufs Spielfeld.

Der Professor griff nach Portemonnaie und Pistole, um sich davon zu überzeugen, dass sie ihm in dem Gedränge nicht abhanden gekommen waren.

Während sich die Schwarzroten warmliefen und den Ball ins Netz droschen, kam aus einer kleineren, abgefuckteren Garage mit der Aufschrift MANJAĆA von der anderen Seite die gegnerische Elf im blaugelben Dress, wie man es von den Brasilianern kennt. Von allen Seiten erschollen Pfiffe und der Ruf »Schku-to-ri, Schku-to-ri, Schku-to-ri …«

»Gott sei Dank sind das auf der anderen Seite auch Kroaten, sonst könnte heute Gottweißwas passieren!«, überbrüllte der Polizist den Lärm, damit der Professor ihn hören konnte. Der zog den Kopf ein, ihm klingelte es in den Ohren, als wäre direkt neben ihm eine ganze Batterie von Granatwerfern abgefeuert worden, und er dachte, wie er bloß hier gelandet war. Er wollte nett zu dem Polizisten sein, von dem er noch immer nicht wusste, wie er hieß, er hatte gewollt, dass der Mann nicht glaubt, er würde auf ihr historisches Match herabschauen, nur weil er aus Zagreb kam. In Wirklichkeit wollte Professor Karlo Adum wie schon so oft in seinem Leben nicht, dass er anhand des Kennzeichens am Volvo beurteilt wurde. Sollen sie doch denken, er wäre gar nicht aus Zagreb und nur das Auto dort zugelassen.

Eine dumme Obsession, die mit zunehmendem Alter aus einem Mann einen Narren macht. Das ist es, genau das, dachte der Professor. Er war wütend auf sich selbst, aber sobald der Polizist zu ihm herübersah, lächelte er.

»Unsere haben eine etwas dunklere Haut«, schrie ihm der Polizist ins Ohr.

»Die Brasilianer, mein Herr, bezahlt Zirdum Komerc.«

Um den ganzen Spielplatz herum standen eine an der anderen Reklametafeln, auf denen mit roten Buchstaben auf schwarzem Grund der Name des Hauptsponsors stand, ZIRDUM KOMERC, nur auf einer von Sonne und Regen ausgebleichten Tafel hinter dem Tor stand ENERGOINVEST SARAJEVO.

»Elf Brasilianer!«, der Professor wunderte sich.

»Ach was, nicht alle elf«, schrie der Polizist, »bei vieren haben sie ihn übers Ohr gehauen.«

Das Spiel begann, und der Professor konnte nicht mehr fragen, wer Zirdum Komerc wegen der Brasilianer wie übers Ohr gehauen hatte. Der Tormann war schwarz wie die Nacht und hatte eine Afrofrisur, die es seit den Zeiten von Boney M. und den langbeinigen Gazellen in den Schaufenstern der Bars von Amsterdam nicht mehr gab, an denen er, ohne Ivanka, im Frühjahr 1981 in den Pausen eines Symposions über Anne Frank vorbeispaziert war. Vor dem Strafraum standen vier Mulatten: Die beiden Mittelstürmer waren beängstigend groß und kräftig, mit geschorenen Schädeln wie Zwangsarbeiter, während der Rechts- und der Linksaußenspieler klein und krummbeinig waren, wie Schnaken in Menschengestalt und ohne Unterlass an der Seitenlinie entlangtänzelten, obwohl das Spiel noch nicht begonnen hatte. Im Mittelfeld hüpften vier Schwarze, im Angriff ein Weißer und ein Mulatte. Während sie sich auf dem Spielfeld verteilten, als würde ein Propagandafilm über Fußballtaktik gedreht, sahen alle elf bis auf den weißen Mittelstürmer aus, als seien sie in demselben Dorf geboren. Auf der Bank hockten neben dem Trainer und seinem Helfer fünf junge Einheimische. Man sah es an ihrem Gesichtsausdruck, dass sie im Umkreis von zehn Kilometern geboren und unendlich deprimiert waren, weil ihnen Ausländer Spiel und Brot aus der Hand nahmen.

Adum interessierte brennend, worin der Betrug bestand.

In der gegnerischen Mannschaft, die aus der Herzegowina angereist war, gab es nur einen Schwarzen. Der spielte an der Spitze des Angriffs und sargte die Gastgeber gleich in den ersten fünfzehn Minuten des Spiels ein, wie das einst der Reporter von Televizija Beograd, Vladanko Stojaković, so schön zu sagen verstand. Noch bevor sie zu sich kamen und noch bevor das Stadion verstummte, so dass man den Bach, der hinter dem Fußballplatz floss, plätschern hören konnte und sonst nichts außer den Schreien der Bärin, die der Zigeuner wieder an ihrem Piercing zu ziehen begonnen hatte, stand es 3:0. Das erste Tor fiel in der ersten Minute, als der Schwarze mit der Neun auf dem Rücken mitten

›158‹

durchs Spielfeld zum gegnerischen Tor lief, während sich die Gastgeber nahezu regungslos nach ihm umdrehten, wohl um die vollkommene Formation nicht zu verderben, in der sie ihr Trainer aufgestellt hatte. Die geschorenen Abwehrspieler mit niedriger Stirn sahen stumpf zu, wie die Neun den Ball an sich brachte und Richtung Tor holzte und der Torwart wie bei einer Zirkusparade hinterhechtete, als säße die gesamte Verwandtschaft in Belo Horizonte vor dem Bildschirm und sähe zu und solle nicht denken, er habe nicht alles getan, um zu retten, was nicht zu retten war.

»Verflucht noch mal, der ist ja wie Mujo Đanin aus Banović!« Der Alte, der hinter dem Professor stand, fasste sich an den Kopf.

Drei Minuten später fiel ein neues Tor. Der Tormann der Gastgeber hatte den Ball schlecht gekickt, er flog einem Gelben vor die Füße, einem Jungen, der so aussah, als sei er keine achtzehn Jahre alt, klein, blass und großköpfig, der legte ihn sich so weit vor, dass er ihn gerade noch vor dem Aus erreichte, schoss ihn pfeilgerade in die Mitte, wo der Schwarze hochsprang und den Ball mit der Schädeldecke direkt ins Tor beförderte.

»Verflucht noch mal, der ist ja wie Mujo Đanin aus Banović!«, wiederholte der Alte ungläubig.

Und das dritte Tor war wie das erste, nur dass die Neun diesmal langsam, Schritt für Schritt, mit jener Form der Verachtung auf den Tormann zulief, die auf dem Balkan beliebt ist und dazu dient, den unterlegenen Gegner zu demütigen, den Ball jonglierte, ihn vom linken zum rechten Fuß und zurück lupfte, die Torlinie erreichte, den Ball in die Luft schleuderte und mit einem Kopfschuss ins Netz beförderte.

»Verflucht noch mal, der ist ja wie Mujo Đanin aus Banović!«, war das Letzte, was man hörte, bevor das Plätschern des Bachs und das Brüllen der Bärin die einzigen Geräusche im Stadion waren.

Man spielte die siebzehnte Minute, eine bösartige Stille breitete sich im Ivančića Gumno aus, der Professor rieb mit verschwitzten Fingern die Pistole in seiner Tasche, und der Polizist starrte ins Leere, in die Ferne hinter der Weide, die am Bach wuchs, hinter der Landstraße Richtung Sarajevo und dem Berg mit dem Betonkreuz; er sah in eine Ferne, die in ihm wuchs, ihm Runzeln auf die Stirn trieb, wie einem Soldaten, der gleich zum entscheidenden Sturmangriff aus dem Graben springen wird.

Ringsum war alles friedlich, Gänsehaut breitete sich auf Tausenden männlicher Köpfe aus, nur der Zigeuner zog in regelmäßigen Abständen von zehn Sekunden an der Kette, die Bärin brüllte immer lauter und schmerzerfüllter, aus ihrer Nase rann Blut, sie drehte sich auf den Rücken und fing schon ein, zwei Augenblicke, bevor er erneut zog, zu jaulen an. Sie hatte gelernt, wann der Schmerz zurückkam, sie hatte eine Stoppuhr im Kopf, als sei sie ein lebendiger Mensch und wisse es.

In der zwanzigsten Minute, während die Schwarzroten kopflos dem Ball nachrannten und in Richtung des Tors der Gäste bolzten, während diese tänzelten und fröhlich herumdribbelten, als würden sie vor heimischem Publikum spielen, änderte der Zigeuner den Rhythmus.

Jetzt zog er alle fünf Sekunden. Die Bärin brüllte, ging auf die Hinterbeine, wagte es aber nicht, ihn anzugreifen. Er wusste das und saß seelenruhig an seinem Platz, während die gewaltigen Tatzen mit den scharfen Krallen über seinem Kopf ruderten. Die Zigeunerin stand mit dem Tamburin da und sah hinüber zu zwei bis zum Gürtel nackten jungen Männern mit schwarzroten Schals um den Hals. Deren kräftige, männliche Körper, an denen sich jeder Muskel abzeichnete, waren voller Narben. Sie sahen aus wie Zwillinge. Sogar ihre Narben waren gleich verteilt.

Die Bärin brüllte ohne Unterlass.

»Warum quält er sie?«, fragte der Professor den Polizisten.

»Wer?«, der fuhr zusammen wie aus dem Schlaf gerissen.

»Der Zigeuner die Bärin.«

»Das ist kein Zigeuner«, lachte der Polizist. »Der bringt dich um, wenn er es hört. Das ist Spartak Mijajilović, Kroate wie du, nur dass er Oberst der kroatischen Armee und General der HVO ist. In Vukovar hat er die linke Hand verloren. Die Bärin ist unser Maskottchen, du hörst, wie sie mitjubelt. Angelina Jolie heißt sie.«

Die Bärin heulte ununterbrochen, Schaum vor dem Maul, Blut rann ihre Nase herab, sie ruderte über dem

Kopf von Spartak Mijajilović mit den Tatzen, setzte dazu an, ihn zu schlagen, ihm mit den Krallen das Gesicht vom Schädel zu reißen, hielt aber augenblicklich inne, die Angst gewann die Oberhand, und der Schmerz wiederholte sich, immer stärker und schärfer. Spartak riss an Angelina Jolies Piercing, malträtierte ihre Schädelknochen, kroch in ihr Tiergehirn wie große, starke, schmutzige Menschengedanken, mit der rostigen Metallkette zerrte er an ihrem Bärentum, stärker als der Tod, Spartak zerstörte alle fünf Sekunden, exakt und unerbittlich wie die Kanonenbatterie am Eingang zu Stalingrad jeden ihrer Nerven.

Die Reihen um Spartak Mijajilović und die Frau mit dem Tamburin leerten sich, sie flüchteten vor ihm oder der Bärin, fürchteten, die Tribüne könnte unter dem gewaltigen Tier zusammenbrechen oder dass auch sie durch irgendein Wunder Spartaks Opfer werden könnten.

»Tuđman persönlich hat ihn gelobt, Tuđman persönlich«, spuckte der Polizist dem Professor ins Ohr, »ausgezeichnet hätte er ihn, aber er kam zu spät, weil Spartak schon wieder nach Bosnien zurückgekehrt war, um unser Dorf zu verteidigen. Um Ivančića Gumno zu verteidigen.«

Unterdessen, in der einunddreißigsten Minute, hatte die Neun zwei Abwehrspieler bis kurz vor den Strafraum getrieben, schoss und traf den Pfosten. Ein Seufzer der Erleichterung ging durch die Menge, aber nur kurz, denn einer der Gelben erreichte den abgeprallten

Ball gerade noch, bevor er ins Aus ging, und kickte ihn Richtung Tor. Bei tausend Versuchen wäre der Ball nicht an den so vielen Beinen vorbei ins Tor gegangen, und bei weiteren tausend Versuchen wäre er nicht so leicht zwischen den Beinen des Torwarts ins Tor gerollt.

Es stand 4:0 und Ivančića Gumno wurde von einem Brüllen zerrissen, als habe Spartak Mijajilović jedem Mann im Publikum einen Ring durch die Nase gezogen, Flaschen und Fackeln flogen aufs Spielfeld, und das Spiel wurde unterbrochen.

Ein dicker Mann mit beginnender Glatze im grauen Anzug und schwarzroter Krawatte kam auf das Spielfeld gerannt und schoss mit einer Kalaschnikow eine Salve in den Himmel. Der Krach hörte nicht auf, weiterhin flogen Flaschen, aber das Publikum rannte wenigstens nicht auf das Spielfeld.

»Der heilige Ilija«, schrie ihm der Polizist ins Ohr. »Zirdum Komerc. Solange es ihn gibt, bleibt hier alles im Rahmen.«

Zehn Minuten später pfiff der Schiedsrichter das Ende der ersten Halbzeit, die Spieler flohen in ihre Garagen, das Publikum beruhigte sich ein wenig.

»Verflucht noch mal, der Brasilianer ist wie Mujo Đanin aus Banović.«

»Das ist kein Brasilianer, sondern ein Kameruner«, fuhr der Polizist den Alten an, »und du langweilst Gott und die Leute, wer immer uns in den letzten dreißig Jahren vorgeführt hat, jedes Mal kommst du mit deinem

Mujo Đanin aus Banović. Verflucht noch mal, halt endlich die Klappe!«

»Mann, Stipo, reg dich nicht auf, ich kann doch auch nichts dafür, dass es so ist …«

»Und wer ist Mujo Đanin aus Banović?«, fragte der Professor Stipo, den Polizisten.

»Niemand, Bruder, wer soll das schon sein.«

»Nein, niemand ist er nicht«, wehrte sich der Alte. »Du bist niemand, er nicht! Mujo Đanin ist der größte Mittelstürmer, den Bosnien je gesehen hat. Größer als Ronaldo und größer als euer Šuker.«

Bei der Erwähnung von Šuker klopfte er dem Professor auf die Schulter und hörte erst wieder auf, als er mit seinem Vortrag fertig war. Adum war nicht klar, woran der Alte erkannt hatte, dass er aus Kroatien kam. Er hatte sein Auto nicht gesehen.

»Größer war Mujo Đanin als alle, die je einen Ball getreten haben, und als alle, die nie einen Ball getreten haben. Unter den Menschen gibt es keinen Mann wie Mujo Đanin einer war. Fick mich, weil er ein Türke war, und, Stipo, du weißt das, die Türken haben zwei meiner Söhne abgeschlachtet, aber es gab keinen Größeren als ihn, und deswegen, hör mir gut zu, mein Kind, wann immer uns einer in Ivančića Gumno männlich einheizt wie dieser Brasilianer heute …«

»Das ist ein Kameruner, kein Brasilianer!«

»… fick mich, wie immer du ihn nennst! Wann immer uns einer hier wie dieser Brasilianer einheizt, dann sage ich: Hut ab, der hat die Größe eines Mujo Đanin aus

Banović. Und du, Stipo, beim lieben Gott, rede keinen Scheiß und provoziere mich nicht, denn ich könnte dein Großvater sein. Du bildest dir ein, weil sie dir eine Uniform gegeben haben, wärst du was anderes, als du warst. Bei mir gibt's das nicht, zwei Söhne habe ich für Kroatien gegeben, beim Fußball macht mir keiner was vor. Und Sie, Herr Šuker, Sie sind ein kultivierter Mensch, Sie werden das verstehen und begreifen. Mujo Đanin spielte 1952, als wir beide noch jung waren, im Split-Cup gegen Hajduk. Banović hat 8:3 verloren, aber die drei Tore hat Mujo Đanin geschossen. Umsonst hat sich denen ihre Abwehr um ihn gekümmert, er ist wie eine Spindel durchgeschlüpft und kickt den Ball am großen Beara vorbei, dem größten Tormann der Welt. Der hat ihn später eingeladen, bei Hajduk mitzuspielen, aber er wollte nicht. Ich weiß nicht, warum er nicht wollte! Wahrscheinlich war er ein Dummkopf. Aber was wäre diese Welt, sag mir das, ohne solche Dummköpfe. Über die Woche hat er im Bergwerk gearbeitet, samstags hat er trainiert und sonntags gespielt. So lebte Mujo Đanin, so ist er gestorben. Methan ist explodiert und hat ihn und zwanzig andere zerrissen. Und wenn er hundertmal Türke war, ich werde ihn immer erwähnen, nur dass du's weißt, du ungezogener Lümmel!«

Der Polizist war rot geworden, er ließ den Alten links liegen und versuchte den Professor ins Gespräch zu ziehen, damit der sich auch abwandte. Dieser Alte gehört zu den Alten, die sie von den Ausländern fernhalten.

»Seine Söhne sind umgekommen?«, fragte er den Polizisten.

»Lassen Sie das, für solche Geschichten ist jetzt keine Zeit.«

In der zweiten Halbzeit war noch dreimal zu hören: »Verflucht noch mal, der Brasilianer ist wie Mujo Đanin aus Banović.« In der achtundneunzigsten Minute erhob sich Spartak Mijajilović demonstrativ von seinem Platz und trieb Frau und Bärin vor sich her. Während sie die Tribüne verließen, mussten ganze Reihen aufstehen, Platz machen und wieder zurückkommen, aber keiner sagte etwas zu Spartak.

Als der Schiedsrichter das Spiel abpfiff, gingen die Schwarzroten niedergeschlagen in ihre Garage, und das Publikum zerstreute sich ruhig. Verdammt, die sollte man in Manjača den Wanzen zum Fraß vorwerfen, bemerkte einer der Zuschauer mehr für sich nach dieser tragischen Niederlage, die nach Aussage des Polizisten Stipo mit dem Ende des stolzen Dorfklubs gleichzusetzen war, weil der nur einmal und nie wieder die Chance bekam, sich in Bosnien-Herzegowina für die Erste Liga zu qualifizieren.

Statt direkt weiterzufahren, ging Professor Karlo Adum wie nach einer Beerdigung mit dem Polizisten einen trinken. Die *Caffe Bar Vatreni 98* hing voller Fotografien von Fußballern, die 1998 für Kroatien Bronze geholt hatten, die beiden bestellten Weinbrand und stießen auf den Seelenfrieden der Unterlegenen an. Dann erzählte ihm der Polizist, wie die Zagreber Manager, verflucht sei ihr Name, Zirdum Komerc betrogen hatten. Das kam so:

Der heilige Ilija war vor zwei Jahren zu ihnen gepilgert, in die Büroräume der Agentur direkt gegenüber vom Stadion im Maksimir, und hatte gesagt, wie es denn wäre, wenn sie für seinen Fußballklub fünf Brasilianer einkaufen würden. Genau fünf? Genau fünf! Sie müssen nicht die Klasse haben, aus denen Hajduk und Dinamo wählen, sagte der heilige Ilija damals, aber sie sollen wie Cibalija und der kroatische Freiwillige sein, jung, solide, keine Drogenprobleme, nicht mit Aids infiziert, und sie sollen sich, so Gott will, nach ein paar Jahren gut verkaufen lassen.

Die Manager, zwei junge Kerle, schlank wie Pappeln, mit abgeschlossenem Hochschulstudium, gebürtige Zagreber, Ilija hätte ihnen sofort die Hand jeder seiner vier Töchter gegeben, fragten, wie viel Geld er denn für die fünf Brasilianer hätte. Und er, der Ärmste, wie aus der Pistole geschossen: »Eine Million zweihundert!«

»Eine Million zweihundert was? So viel Geld haben nicht mal Željezničar, Sarajevo oder Široki für neue Spieler übrig.« »Eine Million zweihundert Euro«, antwortete der heilige Ilija den Zagreber Managern, ebenso stolz auf sein Geschäft in Mittelbosnien wie auf seine Firmen in Frankfurt und München, und deswegen hatte er auch einen höheren Betrag als ursprünglich gedacht genannt.

»Es ist nicht einfach, für eine Million und zweihundert Euro fünf Brasilianer zu finden«, sagte der ältere der Manager. »Es ist leicht, minderwertige Ware zu finden«, ergänzte der Jüngere, »aber mit minderwertiger Ware arbeiten wir nicht, das wissen Sie?«

»Klar, natürlich weiß ich das«, antwortete der heilige Ilija. »Mit minderwertiger Ware arbeitet man in Novi Pazar, Foča und Modriči, aber wir wollen nach Europa. Ich habe einen Klub im Sinn, der in drei, vier Jahren am UEFA-Cup teilnimmt.«

Was die zwei wohl gedacht haben, liebe Güte, als der ehrliche Ilija Zirdum den UEFA-Cup erwähnte.

In der Hauptsache redeten sie darum herum, was man für eine Million und zweihundert Euro kaufen kann, bis der Ältere sagte, für zwei Millionen Euro wäre es viel leichter, fünfzehn ausgezeichnete Brasilianer zu kaufen als fünf für eine Million und zweihundert. So sei das Geschäftsklima, heute kauft man auch Fußballer am besten en gros.

Der unglückliche Ilija sicherte es ihnen zu, obwohl er keine zwei Millionen Euro hatte, sondern beschloss, in Deutschland einen Kredit aufzunehmen, etwas zu riskieren, einiges schwarz über die Grenze zu schaffen, sich dem Schwarzhandel zuzuwenden, für fünfzehn Brasilianer zehnmal mehr Albaner und Afghanen in den Westen zu liefern, sich mit Geschäften zu befassen, mit denen er sich noch nie befasst hatte …

Ohne Risiko keine Rendite.

Der heilige Ilija unterschrieb fünfzehn Verträge, bevor er seine fünfzehn Spieler mit eigenen Augen gesehen hatte. Er sah sie nur in Videos, die die Manager für ihn in einer Suite im Sheraton von Zagreb bei Whiskey und Kaviar bis tief in die Nacht laufen ließen. Und selbstverständlich war jeder Einzelne ein zweiter Ronaldinho oder wenigstens Kaka.

In den Verträgen stand abgesehen vom Preis nur, dass jede Beschädigung der Ware zu Lasten des Käufers ging. Das sei im Fußballgeschäft normal, erklärten sie ihm.

Nach zwei Wochen hielt vor dem Ivančića Gumno ein Bus mit vierzehn Brasilianern. Der fünfzehnte fehlte. Ihn hatten sie nicht über die Grenze gelassen, sein Reisepass, ausgestellt von der internationalen Verwaltung im Kosovo, war gefälscht. Was macht ein Brasilianer mit einem Skipetaren-Pass?, der heilige Ilija begriff immer noch nichts.

Nach einigen Trainingseinheiten sagte Professor Milijaš – Sportlehrer an der örtlichen Grundschule, Fußballenthusiast und nach eigenem Bekenntnis der ergebenste Schüler von José Mourinho – Ilija Zirdum, die gekauften Spieler seien nichts wert.

»Tu mir das bei Gott nicht an, bitte nicht!«

Und so stellte Professor Milijaš das Training von Brasilianern ein, die keine Ahnung von Fußball hatten, und der heilige Ilija bezahlte ihnen neben einem kleinen Gehalt jeden Monat einen Flug und zwei Tagessätze, damit sie irgendwo in Europa Mourinho auf dem Platz beobachten konnten. Mit der Zeit brachte er einigen von ihnen das Spielen bei, zugegeben schlechter als die Mehrheit der einheimischen Spieler, aber sie liefen zumindest wie aufgezogen herum und belegten damit die traurige Tatsache, dass nicht jeder Brasilianer Fußball-talent hat.

Professor Milijaš, der früher schon wegen Mourinha ein wenig Portugiesisch gelernt hatte, merkte schnell, dass vier seiner Brasilianer diese Sprache weder sprachen noch verstanden, sondern sich heimlich untereinander in einer anderen, der unseren näheren und etwas bekannteren Sprache unterhielten und sonst hartnäckig schwiegen. Als er massiv wurde und mit bloßem Auge ohne besondere Polizeikenntnisse erkannte, dass ihre Pässe gefälscht waren, bekam Professor Srbo Milijaš mit den überhaupt nicht feinen Methoden von Spartak Mijajilović, der ihm bei der Befragung behilflich war, heraus, dass José Amadeo de Jesus, Makao, Ronson Evidentio de la Prima, Pelé, Ianus Simao Resus de Black, Rivelinho, und Eduardo Edson Sabrosa de Segondo, Fafa, in Wirklichkeit Muharem Isajić, Mustafa Selimovski, Đorđe Asanović und Tarzan Horvat hießen.

Und die Sache wurde nicht besser dadurch, dass Isajić, Selimovski, Asanović und Horvat die besten Spieler im Team waren, die einzigen, die im Grunde etwas Brasilianisches an sich hatten. Auf ihren Trikots stand weiterhin Makao, Pelé, Rivelinho und Fafa, obwohl die Hoffnung gering war, dass der heilige Ilija sie einem reicheren Klub als Brasilianer verkaufen konnte.

Nach dem zweiten Cognac ließ der Professor den Polizisten Stipo im *Vatreni 98* allein die Trauer über die Niederlage ersäufen und setzte die Reise nach Sarajevo fort. Um sechs Uhr abends des zweiten Tages seiner

Fahrt, in Gedanken weit weg von dem Leben, das er lebte, erreichte er den Stadtrand von Zenica. Der trübe gelbgrüne Fluss bildete ein Knie, und dahinter erhob sich die Stadt mit Hochhausreihen und Wohnblocks, alle im Stil der sechziger und siebziger Jahre, dazu Fabrikschornsteine und Hochöfen, die niedriger waren als die, die der Professor in Magdeburg gesehen hatte, trotzdem aber einen Eindruck der stählernen Kälte von Sozialismus, Brüderlichkeit, Gleichberechtigung und Arbeitersolidarität vermittelten, aufmerksam überwacht von der Geheimpolizei.

Dieses Zenica gefiel ihm, denn so aus der Ferne betrachtet, erinnerte es ihn an seine Jugend, an die fünfziger und sechziger Jahre, Sisak, Smederevo und die Zusammenkünfte der jungen Selbstververwalter, Vorträge über die sieben Offensiven des Feindes, die er in Fabriken in Kroatien und Serbien gehalten hatte, an die Arbeitseinsätze der Jugend beim Bau der Autobahn durch Serbien. Nichts an dieser Stadt, von der Ferne betrachtet, sah so aus, als sei in den letzten zwanzig Jahren, in denen es mit dem Leben von Karlo Adum bergab gegangen war, etwas dazugebaut oder verändert worden.

Aber dann sah er an dem Pfeiler einer Überführung Graffiti in arabischer Schrift, zweifarbig, sorgfältig gemalt mit der Aufmerksamkeit von einem, der nicht befürchten muss, von der Polizei wegen Sachbeschädigung eingebuchtet zu werden. Er sah, was er sah, nicht gerne, aber er wusste, dass so etwas vorkam. Männer in weißen Kaftanen mit langen Bärten und slawischer Physiognomie, ihre unsichtbaren Frauen in schwarzen Burkas, schwenken Transparente, drohen mit Parolen auf Wänden und Bildschirmen und mit Fahnen an den Minaretten der Moscheen. Jede Parole war mit arabischen Buchstaben geschrieben, mit Säbeln, Ranken und fliegenden Kommata, zum Schrecken derer, die nicht unter dem Schutz dieser Säbel stehen. Der schönste Vers von Rumi, Gedanken von al-Ghazali oder Avicenna oder eine arabische Übersetzung von Goethe sehen vollkommen gleich aus, sie werden zur Drohung, hinter der die Massen stehen, die über die staubigen Straßen des Libanon und Syriens aus dem Osten kommen, über die Türkei, den Bosporus und Griechenland als Selbstmordattentäter und Flugzeugentführer nach Europa strömen, Gefolgsleute von Osama bin Laden, dem schönäugigen, belesenen saudischen Prinzen, der wie der heilige Franziskus das entspannte Leben eines Bonvivant langweilig fand und sich lieber für den Weg des Guten opferte. In seinem Opfer war er konsequent, er schwankte nie, wich weder vom Weg ab noch hinterging er seine Anhänger. Die alltäglichen Schwächen der Menschen, ihre Feigheit, Unzuverlässigkeit, Falschheit und Unsicherheit hielten ihn nicht von seinem Opfer ab, all das, was wir an anderen verachten und bei uns selbst verbergen. Nur eins konnte Osama nicht, wenn es an uns sein sollte, auch darüber zu urteilen, er konnte nicht bestimmen, was gut ist und für welches Gute es lohnt, sein Leben zu opfern.

Selbstmordattentäter, Mudschahedine und ehemalige marxistische Guerilleros filmen entführte Journalisten für ihre lokalen Fernsehkanäle und schneiden ihnen dann mit dem Säbel den Kopf ab. Der Journalist grüßt Frau und seine zwei Kinderchen, ein dreijähriges Mädchen und einen einjährigen Jungen, und bittet zum letzten Mal seinen Präsidenten, sich zu erbarmen und dem Gefangenenaustausch zuzustimmen, und in der nächsten Einstellung fliegt sein Kopf durch die Luft, rollt über den erdigen Boden und bleibt mit offenen Augen liegen, Augen, die sich zu einem Himmel richten, wo es keinen französischen, deutschen, italienischen, britischen Gott mehr gibt, aber weiterhin der Gütige und Gerechte und Barmherzige Herr thront, Allah, dessen Name den Menschen im Westen das Blut in den Adern gefrieren lässt, und schon haben sie einen bedingten Reflex entwickelt, dass Sein Name auf den Lippen dasselbe bedeutet wie der Säbel, der auf den Kopf des entführten Journalisten zusaust.

Aber Professor Karlo Adum trug eine Pistole bei sich.

Mit dieser Pistole verteidigt er sich gegen Osama bin Laden und die Gedanken an ihn, verteidigt sich gegen Selbstmordattentäter und Entführer, verteidigt sich gegen eine Parole auf einem Brückenpfeiler, die auf der Höhe geschrieben wurde, in der die Hunde pinkeln, ganz sicher kein würdiger Platz, der Gott zu Ehren gereichte, sondern nur gewählt, dass ihn jene sähen und erschraken, die keine Muslime waren.

Deswegen hatte Professor Karlo Adum eine Pistole mitgenommen.

Und er würde noch hinzufügen, erklärte er sich selbst – wenn schon niemand sonst ihn hören konnte und wollte –, dass er bereits damals, vor zweiundfünfzig Jahren, als er mit Mama Cica aus Bosnien floh und sich etwas später darüber klar wurde, dass er nie mehr in dieses Land zurückkehren, sondern es verschweigen würde im eigenen Namen, im vertuschten Geburtsort, im Akzent, der wie die Krätze ausbricht und sich auf keine Weise verstecken lässt, bereits damals dachte und fühlte er in seinem Kopf und seinem Herzen, wenn auch unbestimmt und unausgedrückt, etwas, was heute die ganze Welt denkt und fühlt.

Aus der Ferne betrachtet, können Minarette schön sein, die Moscheen in Istanbul könnten wie die Kirchen Roms sein – Orte, die Touristen besuchen, die sie aus touristischen Gründen bewundern, ebenso wie sie die Museen über den Holocaust und die verkohlten Reste der Konzentrationslager bewundern. Stets beweist ein Japaner mit blitzendem Fotoapparat das wahre Ausmaß dieser Faszination. Zwischen dem Vatikan und der Hagia Sophia, davon hatte sich der Professor mit eigenen Augen überzeugt, gab es keinen Unterschied.

Aber aus der Nähe gesehen, ist ein Minarett etwas anderes. Wo ein Minarett steht, ist kein Platz für Andersgläubige, und das lässt man diese, und sei es mit einem freundlichen Lächeln, und sei es in einem slawischen Gesicht, täglich spüren, und am Ende, sollten sie die

Botschaft nicht verstehen, wird es ihnen auch laut gesagt. Das weiß der Professor ganz genau, ihm kann niemand das Gegenteil beweisen.

Der Professor weiß, warum er die Pistole mitgenommen hat.

Er spähte umher, suchte weitere Graffiti, aber es gab keine. An den Wänden hingen, wer weiß wie lange schon, ausgebleichte Plakate von politischen Parteien, die sich wie Menschenhaut pellten, sonst nichts. Neben der Straße standen vereinzelte Häuser ohne Fassaden, vor denen uralte Autos parkten, Zeitgenossen des Volvos, meistens Golfs und Jugos 45, und auf gespannten Leinen, gestützt von langen hölzernen Stangen, trocknete Wäsche. Allmählich senkte sich die Dunkelheit herab, und den Professor verließ die Wut, dass ihn jemand mit einer arabisch geschriebenen Botschaft hatte erschrecken wollen.

Menschen saßen am Ufer, daneben qualmte ein Grill, vor dem stand einer im Unterhemd, auf dem Kopf ein Tuch, dessen vier Ecken zu vier kleinen Knoten gebunden waren, und wedelte mit einer Zeitung, um die Glut anzufachen. Die anderen starrten wie hypnotisiert in den Fluss, der wie bei Heraklit floss, und ruhten die Augen darin aus. Es störte sie weder, dass der Fluss nicht sauber und blau war, noch dass zehn Meter hinter ihren Rücken der Verkehr floss und auf sie die unverbrannten Schätze der arabischen Halbinsel als Ruß herabregnete, sondern sie genossen wie Menschen in der Stunde vor dem Weltuntergang ihr kleines Paradies.

Das brachte ihn etwas ins Wanken. Der Professor war kein Fanatiker, das hatte er seit jeher stolz betont. Wenn einem Schüler am Ende des Schuljahres eine Note höher zu einem Abschluss mit Auszeichnung verhalf – von Adum konnte er sie immer bekommen. Das wussten alle. Professor Karlo Adum war kein Fanatiker. Das sollte man nicht vergessen, wenn man von ihm redet. So dachte er auch jetzt, während er die Ärmsten sah, die mit Stojadins und Jugos gekommen waren, grillten und es genossen, den Fluss fließen zu sehen, dass sie wahrscheinlich Muslime waren und nicht verdient hatten, was er vor kurzem gedacht hatte.

Die Menschen sind unglücklich, dachte Professor Adum, aber ihr Unglück befähigt sie zu unvorstellbar bösen Taten. Deswegen hatte er eine Pistole auf die Reise mitgenommen.

Wieder fuhr er zu langsam. Mit Lichthupe und der normalen Hupe fuhr eine Kolonne Militärfahrzeuge auf, Laster, gepanzerte Wagen, Jeeps, und drängte ihn auf den Seitenstreifen. Mit dem rechten Rad fuhr er über den Kies neben der Fahrbahn, holperte durch Schlaglöcher und über Hubbel, bis er an die Leitplanke schrammte. Das Blech quietschte und der Plastikschutz winselte, als Professor Adum zum ersten Mal in dreißig Jahren den Lack am Volvo beschädigte.

Er drückte auf die Hupe, hysterisch hupte er die Lastwagen an, sie sollten sich aus seiner Spur machen, er fluchte, aber sie hörten ihn nicht, und es interessierte sie auch nicht. Wieder quietschte das Blech, dem Professor stockte fast das Herz, er schrammte die Leitplanke entlang, denn direkt neben seinem Ohr drehte sich das riesige Rad eines gepanzerten Kampfgeräts, Amphibie, Panzer, was war das überhaupt.

Zum Glück war es das letzte Fahrzeug der Kolonne. An ihm flatterte ein amerikanisches Fähnchen, so wie Lastwagen und Jeeps amerikanische Kennzeichen gehabt hatten. Der Professor merkte sich die Zahlen US ARMY 265 und US ARMY 272. Er wollte sie an der nächsten Polizeistation anzeigen, doch dann fiel ihm ein, dass das zu nichts nütze wäre. Ein Greis aus Zagreb tritt irgendwo in der bosnischen Provinz, in einem gottverlassenen Kaff zwischen Zenica und Sarajevo, in eine Polizeiwache und zeigt das amerikanische Militär wegen eines Verkehrsdelikts an. Das wäre ein guter Anfang für einen Film über Sonderlinge. Professor Adum wollte sich selbst auf keinen Fall als Sonderling sehen.

Er zündete eine Zigarette an, die erste in den letzten beiden Tagen.

An einer breiteren Stelle hielt er neben einem Müllhaufen an, den irgendjemand dort abgeladen hatte, rauchte und betrachtete den Schaden am Kotflügel seines alten Volvo. Aus vier breiten Schrammen gähnte hässlich wie die Cellulites am Hintern einer ehemaligen Schönheit das Blech – aber an der Wunde, die die Amerikaner dem Professor geschlagen hatten, war er selbst schuld, weil er in seinem Leichtsinn diese Reise unternommen hatte.

Er inhalierte den Rauch und überlegte, wie gern er

die Zeit zurückgedreht hätte. Er hätte das Telegramm zerrissen, diese von Anfang an verdächtige Konfabulation von Tadija Melkior und Advokat Dr. Jozo Sunarić vergessen, hätte sich nicht zu einem völlig ungewissen Erbe hinreißen lassen, Geld, das ihm ein hundertjähriger Erblasser vermachen will, sondern hätte sein Leben gelebt und das Auto gefahren, das ihm seit dreißig Jahren treu diente, und es niemals aufs Spiel gesetzt.

Es berührte ihn, dass er gleichsam automatisch den Volvo als lebendiges Wesen betrachtete, ein verwundetes Tier, das neben einem Müllhaufen stand, zwischen aufgeplatzten Tetrapacks mit verdorbener Milch, Plastiktüten mit den Logos österreichischer Supermarktketten, einem Berg schimmeligen Brots, grün wie die Glocke in der Kirche des heiligen Vlaho, Ölkanister, verbrauchten Tonerkassetten und alten Farbbändern für Schreibmaschinen, die niemand mehr brauchen konnte, und einem Berg von sonstigem Abfall unbestimmbarer Herkunft. Dem Professor kamen die Tränen, das wäre ihm früher nie passiert, und vor lauter Erstaunen heulte er laut los, wie er seit seiner Kindheit nicht mehr geheult hatte, so laut, als sollten andere ihn weinen hören.

Er fuhr weiter, vorbei an Kakanj und Ćatić, an einer furchterregenden Zementfabrik, die wie ein Museum für moderne Kunst aussah, wie es sich die unterbeschäftigten Kustoden in Zagreb vorstellen, während sie beim Kultusministerium Geld eintreiben, um aus der weiten Welt lebende, fluoreszierende Hasen für eine Ausstellung zu organisieren, der neueste Hit in der bildenden

Kunst, das *Guernica* unserer Zeit. Aber der Professor dachte weniger über Hasen als über die Amerikaner nach.

Er kann Osama bin Laden verstehen, er kann sich sogar mit ihm identifizieren, obwohl er kein Fanatiker ist und kein Held, aber er kann weder Bush verstehen noch seine Schwarze mit der Physiognomie einer hässlichen weißen Dienerin in den Filmen der vierziger Jahre, diese Kondolenz-Reis von Bush, und er kann auch nicht ihre Fahrer verstehen, die sich Tausende Kilometer von der Heimat entfernt einen Spaß daraus machen, andere Autofahrer von der Straße zu drängen. Sie haben es eilig. Aber wo müssen Amerikaner in Bosnien eilig hinfahren?

Während des Kommunismus, während Jugoslawien als kommunistisches Land galt, gab es in jeder Hauptstadt der einzelnen Republiken je ein Amerikahaus. Es lag in der Regel in der Stadtmitte und hatte große Schaufenster, hinter deren Scheiben die Amerikaner Fotografien ihres Landes hängten, ihrer Städte, Dörfer, Wälder und Wüsten, lauter Bilder von Freiheit, Demokratie und Wohlstand, bis über die Schmerzgrenze bunt, wie für Farbenblinde gedacht, Bilder voller lachender Gesichter von Menschen aller Hautfarben, Bilder von Menschen in allen möglichen Trachten, geschmückt mit Cowboyhüten und Indianerfedern. Die Demokratie und der Kapitalismus in den Amerikahäusern wirkten wie Disneyland.

Wenn Professor Adum mit Frau Ivanka auf dem Weg

von einem Antiquariat zum nächsten durch den Zrinjevac spazierte, sah er sich jedes Mal die amerikanischen Fotografien in der Auslage an. Manchmal gingen sie hinein, blätterten in Zeitschriften und Büchern, und die jungen Angestellten in blauen Uniformen wie von der Heilsarmee überredeten sie, das eine oder andere mit nach Hause zu nehmen. Ivanka nahm gelegentlich ein Büchlein oder einen Prospekt aus reiner Höflichkeit an, um die Leute nicht zu beleidigen, warf es aber in den nächstbesten Papierkorb. Niemals hatte sie einen dieser Prospekte mit nach Hause genommen, obwohl sie durchaus wie ein Hamster dies und das ins Haus schleppte, darunter auch Dinge, die binnen zwei Wochen Müll werden. Gedruckt auf teurem Papier, fettig wie eine Schweinshaxe, waren die bunten Bildchen aus dem Amerikahaus Müll, sobald man sie in die Hand nahm.

Aber diese Schaufenster, über denen Fahnen wehten, stets gewaschen, groß und breit, so geräumig wie ein halbes Basketball-Spielfeld, waren Schaufenster der Freiheit. Nicht wegen dem, was darin ausgestellt war, denn das war naiv und lächerlich, bunt wie ein Lebkuchenherz, sondern weil in ihnen eine Welt gezeigt wurde, die sich schon von ihren Absichten her von der unseren unterschied. Polizisten bewachten die Schaufenster des Amerikahauses, damit ja keiner auf die Idee kam, einen Stein hineinzuwerfen. Und das hat tatsächlich keiner je getan.

Aber als der Kommunismus zusammenbrach, wurden die Amerikahäuser Botschaften. In Zagreb wurden die Schaufenster am Zrinjevac mit Gittern und Metallplatten gesichert, Betonpfosten wurden aufgestellt, Polizisten verlangten auch von zufälligen Passanten, sich auszuweisen, und in das Gebäude gelangte man nur nach gründlicher Untersuchung. Als die Demokratie ankam, beziehungsweise die Freiheit, die die Amerikaner mit ihren bunten Fotografien beworben hatten, verwandelten sich die Schaufenster in Bunker, die Lesesäle in stark bewachte Büroräume, und die lächelnden jungen Männer in ihren blauen Anzügen wurden von bezahlten Mördern und Jägern arabischer Köpfe abgelöst. Bald bauten sie eine neue Botschaft in Buzin am Stadtrand von Zagreb, die nun mit ihrer Lage und der böswilligen, von allen vier Seiten sichtbaren Absonderung an den Kreml erinnert. Hinter ihren gläsernen Wänden thront eine böse Micky Maus.

Gegen die war die kleine Pistole machtlos.

Als er sich endlich beruhigt hatte, trat er die Zigarette aus, setzte sich ins Auto und fuhr weiter. Vor dem Abzweig nach Visoko wurde aus der engen Landstraße eine Autobahn. Es war längst Nacht geworden, das Fernlicht der entgegenkommenden Fahrzeuge blendete ihn, er war müde, und er hatte die Nase voll. Nach den Hotelpreisen in Sarajevo hatte er sich nicht rechtzeitig erkundigt und auch nicht, wo man am besten übernachten konnte. Er hatte die Telefonnummer von Rechtsanwalt Sunarić notiert, und das war alles, was er in Sarajevo kannte.

Er kannte noch eine Adresse: Balibegovica čikma 3, vis-à-vis Bäckerei Behdžet. Der Zusatz »vis-à-vis Bäckerei Behdžet« bedeutete nichts, aber ohne ihn konnte sich Karlo nicht an die Balibegovica čikma 3 erinnern. In der Zeit, als Mama Cica ihn abgefragt hatte, wo er wohne, damit ihn jemand zurückbringen konnte, falls er verloren ging, gab es die Bäckerei Behdžet nicht mehr, auch vor dem Krieg hatte es sie nicht gegeben, sie war ausgebrannt, bevor Karlo geboren wurde, aber Nachbar Bahrija, der ihm die Ustascha-Lieder und verschiedene andere Dinge beigebracht hatte, lehrte ihn auch den Spruch, er wohne Balibegovica čikma 3, vis-à-vis Bäckerei Behdžet, denn wenn er das sage, so sagte Bahrija, dann wüsste der, der ihn aufgabelte, dass er aus einer alteingesessenen Familie in Bistrik komme und nicht irgendein Zugereister sei, und würde sich um ihn kümmern. Mama Cica war es recht, dass Bahrija ihn den Straßennamen lehrte, aber es war ihr nicht recht, dass er ihm auch die Bäckerei Behdžet beibrachte. Das braucht er nicht, sagte sie zu Bahrija, er wird nicht sein Leben lang in Bistrik wohnen, auch nicht in Sarajevo, er fährt hübsch nach Zagreb auf die Schule und kommt nie mehr zurück. Für uns Kroaten gibt es Zagreb, das ist unsere Rettung. Aber der Ustascha-Mann Bahrija sah Mama Cica so traurig an, wie man eine schöne Frau ansieht, die einem nie gehören wird, und wie man eine Kroatin ansieht, die bestimmt, wer in welchem Ausmaß Kroate ist und wer nicht. Er sagte, das sei nicht in Ordnung. Aber sie erklärte ihm von oben herab, die Muslime dürften heute blühen, denn dank des Poglavnik dürften in diesen Zeiten im kroatischen Garten viele Blumen wachsen, aber morgen würden andere Zeiten anbrechen, wenn Gott nicht helfe, die Muslime würden dann nicht nur keine Kroaten mehr sein, sondern vertuschen, dass sie es je gewesen waren.

Dem Bahrija nützten all seine Ustascha-Ränge und dass er in Zagreb dem Poglavnik Meldung erstattet hatte nichts, er konnte Mama Cica nicht gefährlich werden. Solange es Mona Grazia, die deutschen Offiziere und die italienischen Herren gab, konnte sie sagen, was sie wollte. Und als Mona Grazia verschwand, verschwand auch Bahrija. Nichts sollte auf dem Bistrik, in Sarajevo und dieser Welt von ihm bleiben, nur: Balibegovica čikma 3, vis-à-vis Bäckerei Behdžet. Schau, noch sechzig Jahre später kann sich Karlo nicht ohne diesen überflüssigen Zusatz an seine erste Adresse erinnern.

Die Autobahn hörte so plötzlich auf, wie sie begonnen hatte. Wieder wurden mitten auf der Strecke, fast ohne Ankündigung, kurz vor der Einfahrt nach Sarajevo, aus vier Spuren zwei, noch hubbeliger und kaputter, wahrscheinlich seit vor dem Krieg nicht mehr ausgebessert. Die Stadt begann mit den Umrissen von Ruinen, Geschäften mit Baumaterial, geflickten Elendshütten und unzähligen chinesischen Läden. Zu beiden Seiten der Straße waren Autokolonnen geparkt, Menschen schauten überall heraus, vor einer grünen Tankstelle stießen ein Jeep mit Diplomatenkennzeichen und ein gelber Polenfiat zusammen, aus dem ein älterer

Mann mit Kopfverletzung stieg. An dem Jeep war nicht mal ein Kratzer zu sehen, das Autochen war praktisch schrottreif. Der Fahrer rannte auf die Straße und hielt den Verkehr an.

»Ihr seid meine Zeugen!«, rief er.

Das Auto des Professors war das dritte in der Kolonne. Vor ihm hupte wütend ein schwarzer Audi und versuchte, um den Mann herumzufahren, dem das Blut übers Gesicht auf das schneeweiße Hemd lief. Er trug einen schwarzen Anzug und Krawatte, kam offensichtlich von einer Feierlichkeit.

»Du entwischst mir nicht«, er stürzte sich auf den Audi, »du bleibst so lange wie ich.«

Der Audi fuhr mit quietschenden Reifen einen Schlenker und warf den Mann um. Er fiel auf den Bauch, in den Matsch neben der Straße. Als er wieder aufstand, war der Audi längst weg und mit ihm auch ein Peugeot 206 mit Spliter Kennzeichen, den eine langhaarige Schwarze fuhr, die die ganze Zeit telefonierte.

Professor Adum blieb stehen. Hinter ihm wurde gehupt, aber er rührte sich nicht vom Fleck. Nicht weil er bleiben und als Zeuge des Unglücks auftreten wollte, das er im Übrigen nicht gesehen hatte, sondern weil er den Blick nicht von dem Mann aus dem gelben Polenfiat wenden konnte, aus dem Bügeleisen, wie das Autochen in manchen Gegenden heißt. Er war sein Jahrgang, vielleicht ein bisschen jünger, und als er sich aus dem Matsch erhoben hatte und lostaumelte, sah er nicht mehr wie jemand aus, der von einer Feierlichkeit kam.

Im Nu verfiel der Mann, veränderte sich und verwandelte sich in einen Irren und Obdachlosen.

»Sie sind mein Zeuge!«, er schwankte zum Volvo und klopfte auf die Motorhaube.

Der Professor holte ruhig, und ohne hinzusehen, die Pistole aus dem Handschuhfach, stopfte sie in die Tasche und stieg aus.

»Herr, Sie sind mein Zeuge, Sie haben gesehen, dass der mir die Vorfahrt genommen hat, während er von der Tankstelle gefahren ist«, der Mann hatte sich etwas beruhigt.

»Aber ich konnte wirklich nichts sehen.«

»Ach wirklich?«

»Nichts, glauben Sie mir.«

Der Mann wandte sich wortlos ab und ging zu dem Jeep. Der Professor folgte ihm, wollte ihm erklären, dass er tatsächlich nichts gesehen hatte, dass er nicht log, warum sollte er lügen, er rief: »Mein Herr, ich bitte Sie, mein Herr«, aber der Mann drehte sich nicht um.

In dem Jeep saß eine rothaarige, sommersprossige, außerordentlich kleine Frau Anfang dreißig am Steuer, das sich auf der rechten Seite befand. Neben ihr war ein Mann mit indischer Physiognomie, schwarzhaarig und mit olivfarbener Haut, und auf dem Rücksitz saßen drei Kinder, zwei Jungen und ein kleines Mädchen, die schon auf den ersten Blick wie Reklame für eine dänisch-indische Freundschaftsgesellschaft aussahen.

Die Frau hielt das Lenkrad und sah geradeaus, als würde sie fahren. Der Mann tat so, als bemerke er den matschigen, blutenden Alten nicht, der hysterisch an der Klinke zu der Tür des Jeeps zerrte und mit seinem behaarten Zeigefinger an die Scheibe klopfte. Er tat so, als sähe er auch den anderen genauso alten Mann nicht, der von hinten kam, stehen blieb und die Lippen bewegte, als würde er etwas sagen.

Sie sahen so aus, als würden sie auf die Polizei warten, die sie aus ihrer Lage retten würde.

Und die Kinder guckten neugierig, wie Kinder eben sind, die Leute neben dem Jeep an, wunderten sich offensichtlich, dass Mama und Papa so taten, als sähen sie die nicht. Zugegeben, das Blut, das dem einen, der ans Fenster klopfte, übers Gesicht lief, konnte das kleine Mädchen auch ein wenig ängstigen, auch wenn die zwei vorne so taten, als klopfe er gar nicht.

»Beruhigen Sie sich, mein Herr, die Polizei kommt bald, alles wird gut«, sagte Professor Adum, aber der Mann wollte ihn nicht mehr hören, sondern klopfte weiter, zog gelegentlich an der Klinke, sie hätte ja durch ein Wunder aufgehen können.

Ringsum versammelten sich schon Leute, kommentierten die Situation fröhlich und schlugen dem Alten vor, mit einem Stein die Scheibe des Jeeps einzuschlagen. Die Autokolonne fuhr auf der Innenseite durch Matsch und Gräser um den Volvo herum, den Adum mitten auf der Straße hatte stehen lassen. Ein Mitarbeiter der Tankstelle in grünem Overall und gelbem T-Shirt kam und redete auf den Alten ein, er solle auf die Polizei warten und aufhören, an die Scheibe zu klopfen, am

Schloss zu rütteln und sich zum Narren zu machen. Er wirkte grob, nicht so, als rede er mit einem älteren Menschen.

Das Mädchen, das den auf der Tankstelle wartenden Autos die Scheiben wusch, brachte Gaze, Verbandszeug und Alkohol. Sie machte ein Papiertaschentuch nass und wollte dem Alten das Gesicht säubern, aber in dem Moment hörte man ein lautes »Ahhh!« wie in einer Theatervorstellung, schlecht gespielt, so dass jemand kurz lachte, und der Alte fiel auf den Asphalt. Professor Adum sprang zur Seite, als handele es sich um eine ansteckende Krankheit, und stand ruckzuck hinter dem Rücken jener, die um den Alten hockten und knieten.

Ein kurz geschorener Vierzigjähriger, den alle mit Doktor anredeten, massierte die Herzgegend, zunächst sanft wie in den US-Krankenhausserien, dann schlug er mit den Fäusten auf die Brust des Alten, sprang fast auf ihn drauf, brach ihm beinahe den Brustkorb, aber umsonst …

»Professor Pandžo ist von uns gegangen«, der Tankstellenmitarbeiter sprach als Erster.

»Er ist einfach zusammengebrochen.«

»Infarkt.«

»Oder innere Blutungen.«

»Der arme Professor, es sind noch keine sechs Monate, wo er seine Tochter beerdigt hat.«

»Das hat ihn gebrochen.«

»Wir müssen seinen Sohn anrufen. Hast du Fejzulahs Nummer?«

»Welcher Fejzulah?«

»Na, welcher, der Sohn vom Professor.«

»Mein Gott, mit dem habe ich seit dem Krieg nicht mehr gesprochen.«

So begriff Professor Adum, dass all diese Menschen den Alten kannten. Bevor er tot war, hatte sich das keiner anmerken lassen. Sie standen herum, sahen zu, wie er den Jeep aufmachen wollte, redeten mit ihm, aber man wäre nie auf die Idee gekommen, dass sie ihn kannten.

»Für was war er Professor, was hat er unterrichtet?«, fragte er den Tankstellenmitarbeiter.

»Was weiß ich, irgendwas mit Architektur«, antwortete der und sah dabei weg. Professor Adum fiel ein Stein vom Herzen.

Er betrachtete ein letztes Mal die Frau mit den Sommersprossen, die noch immer das Lenkrad festhielt, als trainiere sie im Fahrsimulator, ihren Inder, der nach vorn starrte, als folge er der Fahrt, und die Kinder, die ruhig und gefasst auf ihren Plätzen saßen, als trügen sie gerade den Alten zum Himmel.

Er setzte sich in den Volvo und merkte, dass sein linker Rückspiegel fehlte. Wahrscheinlich hatte jemand versucht, vorbeizufahren, war daran hängengeblieben, hatte ihn abgerissen und sich nicht damit aufgehalten. Aber der Professor regte sich nicht auf. In diesem Moment, aber nur in diesem Moment, erschien ihm ein abgebrochener Rückspiegel unwichtig.

Er fuhr über die Straße in die Stadt hinunter, die an

dem alten katholischen Friedhof mit der Kapelle in der Mitte vorbeiführte. Wo immer du Gottes Tempel siehst, dabei schlug ihm Nonne Pankracija mit der Rute auf die Finger, bekreuzige dich. Sie schlug ihn mit der Rute, damit er es sich besser merkte, und seine Finger tanzten wie die von einem Jazzpianisten, aber er durfte sie nicht zurückziehen, sonst hätte sie ihn mit dem großen Kochlöffel für die Wäsche geschlagen und geschrien: »Kehr um, Sünder!« Das war im Herbst 1944, als Mama Cica auf Schmuggeltour war, Eier, Speck und Käse in Slawonien eintauschte, aber in Wirklichkeit war sie mit Oberst Weber-Stipčević zu einer romantischen Reise nach Opatija gefahren und Papa sollte es nicht wissen. Sie hatte ihn bei Schwester Pankracija gelassen, und die hatte Mama Cica versprochen, ihm das nächtliche Bettnässen abzugewöhnen. Er ist drei Jahre alt, es ist Zeit, dass er damit aufhört.

Und dann kam Mama von der Schmuggeltour zurück, braungebrannt und gut gelaunt, mit Taschen voll Speck, Zwiebel, Eiern, Käse und Schweinefett und einer großen Schokolade für Karlo. Papa Ilija betrachtete traurig die Schokolade und sah dann Mama Cica an, aber sie hielt seinem Blick stand. Sie wartete auf die Frage, wieso es in Slawonien Schokolade gab, aber er fragte nicht, sondern verfluchte in dieser Zeit seinen Teufelsbruder noch lauter und kratzte mit seinen vier Fingern an der Wand, bis ihm die Fingernägel abfielen und das Fleisch in Fetzen von den Fingerkuppen hing, bis er mit nackten Knochen im Mörtel wühlte.

Der Professor sah den Friedhof neben sich und dachte, sein Leben wäre anders verlaufen, hätte er Schwester Pankracija gehorcht und sich bei jeder Kirche, jedem Tempel Gottes und jeder Friedhofskapelle bekreuzigt. Zumindest würde er jetzt nicht ohne Außenspiegel durch die Nacht fahren.

Die breite Avenue führte ins Stadtzentrum, Straßenbahnschienen in der Mitte und alte, verrostete Straßenbahnen, die bei ihrer für diesen Tag letzten Fahrt einen unerträglichen Lärm erzeugten. Es war bereits elf Uhr vorbei und wenig Verkehr. Er fuhr langsam und sah sich um, ob er irgendetwas wiedererkannte von der Stadt, in der er einst gelebt hatte. Aber ringsum waren lauter neue Gebäude, Hochhäuser und Glastürme, nichts, was ihm bekannt sein konnte. Erst in Marijin Dvor erkannte er die Kirche, in die er Mama Cica zur Frühmette begleitet hatte, um General Drinjanin zu treffen, aber die Straßenlampen und die Bäume mit den aufgehängten Menschen darin waren verschwunden. Man hatte sie zusammen mit den Toten abgeschnitten. Auch nach dem Krieg war er an der Kirche vorbeigegangen, hatte sie damals aber weder wiedererkannt noch sich an die Frühmette erinnert, noch an die blauen Toten, an denen sich der Morgentau absetzte.

Er suchte ein Hotel.

Er fuhr am Ufer der Miljacka entlang, traf auf den einen oder anderen Passanten, Jugendliche standen auf dem Bürgersteig vor einem Nachtklub, aus dem laute Musik drang. Edo Maajka schrie vom bezahlten Mörder, gebürtig aus Srebrenica, und Dado Topić sang den Refrain: »Za koji život treba da se rodim, za koji sudni dan treba da živim« – für welches Leben muss ich geboren werden, für welches jüngste Gericht muss ich leben. Das war hier also auch modern.

Als sich die Eltern im Hochhaus aufregten, weil ihre Kinder Edo Maajka hörten, hatte sie Professor Adum im Aufzug davon überzeugt, dass das nicht weiter schaden könne. Obwohl der junge Mann aus Bosnien kam, aus dem er als Kind geflüchtet war, spürte der Professor eine Nähe zu ihm. Er lobte ihn im Lehrerzimmer, in jenen letzten Jahren vor der Pensionierung. Alle waren erstaunt, dass er plötzlich so eine Musik verteidigte.

Er hatte sich eine Kassette gekauft und sie im Auto gehört, bis sie auseinanderfiel. Eine neue kaufte er nicht. Aber er verteidigte den Sänger weiterhin gegen besorgte Eltern. Und gegenüber dem Postboten, der seinen Töchtern verbot, auf solche Konzerte zu gehen, und dann landeten sie mit dem Freund von Dubravka, dem Vorsitzenden des Gemeindeverbandes der Kriegsversehrten, in Samobor bei einem Konzert von Miroslav Ilić.

Ach Rado, ach Radmila, was hast du mit mir gemacht, ach, Augen, Augen, mein Herz gleich auseinanderkracht!, beschwerte sich der Postbote bitter, aber das half nichts mehr. Es war eine pädagogische Lehre, die der Professor bei jeder passenden Gelegenheit anbrachte. Insgeheim war er auf den Schwiegersohn des Postboten wütend, den Invaliden und Kriegshelden, aber das konnte er nicht laut sagen.

Er war am Stadtrand angekommen, laut Wegweiser führte die Straße weiter nach Pale, und so bog er links ab, fuhr um ein Gebäude herum, das in allen CNN-Berichten über den Krieg zu sehen war, und zurück ins Zentrum. Unterwegs sah er ab und zu Hinweisschilder auf Hotels, konnte aber entweder nicht abbiegen oder es gab keinen Parkplatz oder das Hotel sah zu teuer oder zu zweifelhaft aus.

Es war Mitternacht vorbei, als er vor dem *Mauretanija* hielt. Die Unterkunft wirkte preisgünstig, und der Name zog ihn an. Es war ein ehemaliges graues Wohnhaus hinter dem alten Bahnhof, wahrscheinlich aus der Zeit des Königreichs Jugoslawien. Wer daraus ein Hotel gemacht hatte, spekulierte offenbar nicht auf bessere Gäste. Aber das kümmerte den Professor nicht.

Er stellte den Wagen direkt neben dem Eingang ab, prüfte, ob die Pistole in seiner Tasche war, holte das Gepäck aus dem Kofferraum und ging hinein. Die Tür war zugesperrt. Er klingelte lange und ließ nur deshalb nicht locker, weil er nicht wusste, wohin er sich sonst um diese Uhrzeit wenden sollte, und schließlich hörte man nach zehn Minuten Klingeln Flüche, die schmutzigsten, solche, die man sich an Ort und Stelle ausdenkt, und ein großer, unrasierter Kerl tauchte auf, dem der Schweiß übers Gesicht lief, als käme er direkt aus der Dusche. Unterwegs zog er sich Hosen an, und während er das tat, hüpfte sein Penis aus dem Hosenschlitz. Mit einer raschen Bewegung schob er ihn zurück, aber der Professor konnte durch das Glas in der Tür die Angespanntheit seiner Erektion sehen. Und auch der Erigierte musste wissen, dass er das gesehen hatte.

»Bitteschön, Sie wünschen?«

»Haben Sie freie Zimmer?«

»Kommt drauf an welche.«

»Einzelzimmer.«

»Da könnte sich eins finden.«

»Könnten Sie bitte mal nachschauen?«

Dem Rezeptionisten lief immer noch der Schweiß herab, er roch nach Knoblauch, Pitralon und noch einer Chemikalie, die der Professor nicht erkannte. Er ging zum Tresen, öffnete und schloss eine Lade und sagte, Zimmer 123 sei frei, erster Stock links.

»Im Zimmer ist ein Telefon, wenn Sie nach draußen telefonieren wollen, wählen Sie die Neun vor, aber bitte nicht um diese Uhrzeit, wenn es nicht unbedingt sein muss, denn sonst knistert in meinem Zimmer die Zentrale und klingelt mir in den Ohren. Aber wen sollten Sie um die Uhrzeit auch anrufen.«

Der Professor ging zur Treppe, und der Rezeptionist rief ihm nach:

»Den Pass, Sie haben mir den Pass nicht dagelassen.«

Er brauchte Zeit, um den Pass aus der Tasche zu holen, ohne dass die Pistole herausfiel. Der Rezeptionist wartete und grinste, was den Professor noch nervöser machte.

»Da ist er!«

»Na Gottseidank, da haben wir ihn ja. Wenn Sie etwas brauchen, ich heiße Atila.«

Das Zimmer war geräumig und leer. Darin standen ein Schrank, der aus einem alten sozialistischen Büro stammen musste, und ein eisernes Armeebett mit einer zu großen Yoga-Matratze, die wie ein Bogen gewölbt war. Über dem Bett hing eine gerahmte Schwarzweiß-Fotografie, völlig verdreckt von Fliegenschiss, der *Mauretanija*, die im Hafen von Southampton vor Anker lag. Adum schloss die Tür ab, stellte einen Stuhl davor, damit der umfiele und ihn weckte, sollte jemand in sein Zimmer dringen, legte die Pistole unters Kopfkissen und war noch im selben Moment eingeschlafen.

Wieder träumte er den Traum, den er in Zagreb vor seiner Abreise geträumt hatte.

Er ging durch die Straßen einer verlassenen Stadt, in der er noch nie gewesen war, vorbei an Gebäuden mit blinden Fenstern. Er wusste, dass er träumte, er erinnerte sich, dass er beim letzten Mal in demselben Traum mit der Faust an die Wand geschlagen hatte und sich fürchterlich weh getan hatte. Deswegen steckte er die Hände in die Taschen. In der rechten Tasche war die Pistole. Bald kam wie beim letzten Mal ein Leichenwagen, der vor ihm hielt. Drinnen war ein Sarg, darauf ein Kreuz, an dem er die Falten um Augen und Mund erkennen konnte. Der Professor erinnerte sich, dass er in dem Sarg lag, trotzdem öffnete er ihn. In diesem Moment war er nicht mehr der, der neben der Kutsche stand, sondern nur der Tote im Sarg. Er war überrascht und erschrocken. Er versuchte sich zu bewegen, aber es ging nicht. Er war wirklich tot, mit halboffenem Mund

und vorquellenden Augen. Neben der Kutsche stand der schwitzende Atila, in Matrosenhemd und Hosen, aus deren Schritt sein knotiges Glied hervorschaute, überwuchert mit blauen Adern, mit einem großen rosafarbenen Kopf, aus dessen Öffnung zwei klare Tropfen austraten, während er sich dem Sarg näherte.

Er wollte hinausspringen, aber er konnte nicht, er wollte schreien, aber es kam kein Ton. Mit halboffenem Mund und weit aufgerissenen Augen sah Professor Karlo Adum seinen Tod.

Mit einem Schrei fiel er aus dem Bett und schlug sich den Kopf am Schrank an. Es tat sehr weh, der Schmerz breitete sich von der Schläfe über den ganzen Kopf aus, er lief die Wirbelsäule hinunter bis in die Beine, die er im Augenblick nicht bewegen konnte. Harn lief ihm über die nackten Schenkel.

Das Bad lag am Ende des Gangs. Er ging, in ein Handtuch gewickelt, über dreckige Bohlen, die unter seinen Füßen knarrten. Aus den angrenzenden Zimmern schauten Köpfe heraus.

»Was ist das für ein Gepolter um diese Uhrzeit?«, ein kahl geschorener Mann mit starkem ausländischen Akzent funkelte ihn an. Hinter ihm standen drei Frauen, zwei junge Mädchen und eine ältere, die sechzig Jahre sein mochte. Sie war bis zur Hüfte nackt. Der Professor dachte, er schliefe wohl noch oder habe sich zu stark am Kopf gestoßen und sehe jetzt alles Mögliche.

Die Tür zum Badezimmer ließ sich nicht abschließen. Er versuchte ein Schränkchen davor zu schieben,

›195‹

aber als er es wegrückte, stoben darunter Schaben, Asseln, Wanzen und verschiedene Insekten auseinander, die er noch nie gesehen hatte. Er stand barfuß und verängstigt auf dem nassen Beton.

Die Dusche hatte keine Mischbatterie, so dass der Strahl aus einigen Löchern so kalt wie Eis und aus anderen wieder kochend heiß war. Er sprang in der mit gelben Kalkablagerungen übersäten Badewanne herum, die faltige Haut, drei Nummern zu groß wie bei einer gealterten Bulldogge, folgte seinen Bewegungen und rutschte wieder zurück, und sein Körper kam ihm vor wie ein fremder Körper. Er war hässlich und bleich, voll schwarzer Härchen, übersät von Altersflecken, die mit jedem Jahr zunahmen, die Beine überzogen mit geplatzten Äderchen. Wenn im Alter ein Äderchen platzt, wächst es nie mehr zu. Während ihn das Wasser verbrühte und vereiste, betrachtete der Professor seinen Körper, der ihm an diesem schmutzigen Ort, zwischen Wänden, von denen der Kalk in Placken auf den Boden fiel, zum ersten Mal alt und fremd vorkam, wie der Körper eines Koma-Patienten, den junge Schwestern in der Geriatrie mit Wattebäuschen waschen und sich dabei über die neueste Folge der Serie *Obični ljudi* unterhalten.

Er fürchtete, jemand könne ins Bad kommen, und machte möglichst viel Krach, klopfte und planschte, aber das reichte nicht. Am Ende fing er an zu singen:

»Wegen einer herrlichen schwarzen Frau, wegen ihrem herrlichen schwarzen Haar, wegen einem traurigen nächtlichen Blick, wegen ihrem Versprechen, zu mir zu kommen, bin ich traurig und allein, ich warte auf sie ...«

Er schrie aus Leibeskräften, während seine Haut immer röter wurde und sein Glied zwischen den Beinen immer kleiner, versteckt zwischen vereinzelten grauen Haaren, tote und verlorene Hoffnung.

Er trocknete sich auf die Schnelle ab und lief barfuß aus dem Badezimmer auf den Gang, der bereits voller Menschen war. Zwei Herzegowiner in billigen Anzügen und Synthetik-Hemden unterbrachen ihr Gespräch, als sie ihn halb nackt erblickten. Eine braungebrannte Blondine mit großen schwarzen Ohrringen zog sich die Lippen mit einem hellrosafarbenen Lippenstift nach und betrachtete ihn ungeniert. Hinter ihrem Rücken guckte ein junger Mann im Pyjama hervor, der General Norac ähnelte:

»Mach voran, Kajuša, ich scheiß auf dein Wissen, ich warte, und du schaust den Leuten beim Scheißen zu!«

Sie überhörte ihn, zog die Lippen nach und starrte den Professor mit blutunterlaufenen Augen an, sie musste lange in Dunkelheit und Rauch gestarrt haben, der Professor senkte den Blick und ging an ihr vorbei wie ein Lagerinsasse an der Aufseherin Maja Buždon.

Er wählte die Nummer 51 44 89.

»Klarissinnenanstalt, Telefonzentrale«, meldete sich eine weibliche Stimme.

»Ich möchte Doktor Sunarić sprechen.«

»Wen?«

»Anwalt Sunarić.«

»Welche Zimmernummer, welcher Stock?«

Verwirrt legte er auf. Eine Zeitlang saß er auf dem Bett und wusste nicht, was er machen sollte. Auf dem Boden liefen zwischen den bunten Flickenteppichen kleine braune Schaben herum, wie Soldaten, die durch die Schusslinie laufen, und ihm kamen wieder die Tränen.

Er zog sich an, nahm die Pistole und ging zur Rezeption. Atila saß hinter dem Tresen, las Zeitung, rauchte und trank Kaffee. Statt in den Aschenbecher aschte er in die leere Marlboro-Schachtel. Die Zeitung hieß *Dnevni avaz* und hatte einen Titelkopf, der den Professor daran erinnerte, dass er hier fremd war. Nichts erinnert uns so sehr wie der Kopf einer Zeitung daran, wo wir in unserem Bau und zu Hause sind. Wenigstens daran erkannte der Professor, woher er kam. Er sah die Titelseite in Atilas Händen an. In fetten Lettern stand darauf: SOHN ERSTACH MUTTER UND WUSCH SICH DIE HÄNDE.

Atila fing seinen Blick auf, faltete die Zeitung zusammen und sagte:

»Regen Sie sich nicht auf, in Kroatien gibt's so was nicht, oder?«, und er lächelte ganz kurz.

Der Professor antwortete, so was gebe es überall, und in Kroatien sei es noch schlimmer, für die *Jutarnji list* und den *Globus* sei es schon keine Nachricht mehr, wenn ein Sohn die Mutter erstach, da müsse schon mehr passieren, damit es die Story auf die Titelseite schaffte.

»Etwa, dass er die Tote vergewaltigt hat«, provozierte ihn Atila.

Der Professor wurde rot, er merkte, dass er es nicht verbergen konnte, sein Gesicht glühte wie eine Partisanenfahne, er hoffte nur, es würde dem Rezeptionisten nicht auffallen oder der würde wenigstens seinen Mund halten.

»Ui«, Atila konnte es nicht fassen, »Sie werden ja rot wie ein kleines Mädchen.«

»Ich bin erkältet, ich habe Fieber«, log der Professor, ohne nachzudenken.

»Uff, das ist nicht gut. In Ihrem Alter bekommt man schnell eine Lungenentzündung, du niest zweimal und schon bist du weg. Das müssen Sie nicht haben. Nichts schlimmer, als in der Fremde zu verrecken, obwohl es zu Hause auch kein Fest ist. Aber wissen Sie, was am besten gegen Erkältung hilft? Hilft nachweislich. Ein guter mehrstündiger Fick, nach Möglichkeit mit einer Hure. Natürlich nur, wenn Sie noch einen hochkriegen. In Ihrem Alter schmilzt der Schwanz wie Eis. Und Ihnen bleibt nichts anderes übrig, als Antibiotika zu schlucken. Soll ich Ihnen Penicillin besorgen?«

Atila grinste in sich hinein und sah zu, wie sich die Laune des Professors veränderte, der umsonst versuchte, einen guten Eindruck zu hinterlassen. Er lachte über das, was ihn beleidigen sollte, klopfte ihm auf den Rücken, versuchte etwas zu sagen, etwas zu Atilas Scherzen beizutragen, aber der hörte ihm nicht zu, sondern machte weiter, und in seinen Augen leuchtete das reine Böse, weswegen solche Leute morgens stark und fröhlich aufwachen und nur darauf warten, dass ein Narr auf sie hereinfällt. Adum hatte vergessen, dass es solche Leute gibt, sein Verteidigungsinstinkt hatte nachgelassen, die Kunst, zu fliehen und sich zu verstecken; dumpf sah er Atila an und hatte das Gefühl, die Situation schon einmal erlebt zu haben. Oder genauer, dass er diese Leere unter der Zunge und im Kopf nur allzu gut kannte, dieses Gefühl, dumm, elend und beschränkt zu sein, und dass ihm alles das, was er nicht hören wollte, ins Gesicht geschrieben stand.

»Los, los, Sie kommen noch zu spät zur Stadtbesichtigung!« Atila wurde plötzlich freundlich.

Der Volvo stand auf seinem Platz, wirkte aber irgendwie schief. Er ging hin und sah sich an, was passiert war. Der hintere rechte Reifen war platt. Vielleicht hatte er die Fahrt an der Leitplanke entlang über Schotter und Kies nicht vertragen. Die Schrammen im Blech wirkten schlimmer als am Abend zuvor. So staubig und verdreckt sah der Volvo wie ein Muster vom Schrottplatz aus.

»Ein Wunder, dass Sie es mit dieser Karre bis Sarajevo geschafft haben, ein echtes Wunder«, der Rezeptionist stand lachend in der Tür.

Er ging zur Straße und suchte ein Taxi. Der Morgen war kälter als in Zagreb, der Professor knöpfte sein Jackett zu und zog im Gehen die Seite mit der Pistole glatt. Er hätte sich so ein Schulterhalfter kaufen sollen, wie es Polizisten und Schwerverbrecher tragen.

Kinder mit Schultaschen in der Hand liefen die Straße hinunter. Sie schrien, imitierten amerikanische Schwarze und sprangen über die zwischen Poller gespannten Ketten, die die Fahrbahn vom Bürgersteig trennten. Sie waren vielleicht zehn oder elf Jahre alt. Sie trugen weite, drei Nummern zu große Hosen, die halb auf der Hüfte hingen. Solche hatte er schon in Zagreb gesehen. In ihrem Alter war er noch in Sarajevo gewesen, aber daran erinnerte er sich nicht mehr.

Außer dass die Schule den Namen eines kommunistischen Vorkriegsattentäters trug, vermutlich Alija Alijagić, und im Klassenzimmer ein großer Kanonenofen stand, der mit Kohle befeuert wurde und ständig qualmte. Als wäre das nicht genug, schnippelten zwei aus der letzten Reihe, Stevo Kuprešanin und Murat Zornić, Radiergummis mit dem Taschenmesser in kleine Stücke und warfen sie auf den glühenden Ofen.

Ach, wann hatte er zum letzten Mal an die beiden gedacht.

Er erinnerte sich an die Kopfschmerzen und den Gestank des sich auflösenden Gummis und der schlechten Kohle aus Kreka, mit der auch zu Hause geheizt wurde, in der Balibegovica čikma drei, vis-à-vis Bäckerei Behdžet. Er erinnerte sich auch, dass Stevo und Murat im Sommer Brennnesseln hinter der Schule sammelten, das eine Ende mit Zeitungspapier umwickelten und das andere an die nackten Beine der Mädchen hielten. Und an seine. Seine Beine waren mit Pusteln übersät, geschwollen und gerötet wie zwei rohe Schweinswürste. Papa Ilija hörte seinen Klagen zu, betrachtete traurig Karlos Beine, und wenn er etwas sagen musste, flüsterte er nur: »Gott wird es richten!«

Mama Cica sagte nichts. Noch immer dauerten Erneuerung und Aufbau an, Grenzsoldaten verteidigten das Land an den Grenzen gegen Russland, Stalin lebte noch, Feinde des Volkes verbrachten die Nächte bei der Staatssicherheit und wurden dann mit Lastwagen und Viehwaggons in den Süden, in sichere Gefängnisse, gebracht. Mama Cica trug die Fahne bei der Parade am Ersten Mai, sie hielt eine Rede bei der Eröffnung des Stadions, begleitete junge Männer, die nach Paris fuhren, zur Begegnung mit der fortgeschrittenen Jugend Europas. Gleichgültig betrachtete sie seine entzündeten Beine und war insgeheim wütend, weil er sich so gar nicht zu helfen wusste, wie der vierfingrige Ilija, und sich in der Schule quälen ließ. Sie ahnte, die weise Mama Cica, dass das böse enden würde.

Und dann starb Papa Ilija, er wachte eines Morgens nicht mehr auf. Es war zehn Tage vor Ende des Schuljahres. Nach der Beerdigung kam er mit einem schwarzen Knopf in die Schule, der zum Zeichen seiner Trauer an seinen Schulkittel angenäht war. Er ging zur Schule und sah links Murat und rechts Stevo, wie sie mit Brennnesseln auf die Mädchen warteten. Die Jungs ließen sie wie immer durch. Er dachte damals, er sei größer und erwachsener als die zwei, denn er hatte den Vater verloren. Sie wussten wie die gesamte Schule, dass Ilija Baltazar Adum gestorben war, die Lehrerin und der Rektor waren auf der Beerdigung, auch Murats Vater war auf der Beerdigung gewesen.

Er dachte, sie würden ihn verschonen, aber als sie ihn

mit den Brennnesseln auf die nackten Waden schlugen, schubste Karlo zum ersten Mal Murat weg, er schubste ihn sehr kräftig, so kräftig, dass der auf den Rücken flog und mit dem Kopf auf der Treppe aufschlug.

Sieben Tage lag Murat Zornić im Koma. Am achten starb er. Begraben wurde er unter dem fünfzackigen Stern auf dem Koševo-Friedhof; die halbe Stadt war bei der Beerdigung. In dieser Nacht flogen Steine in die Fenster der Balibegovica čikma 3. Es war ein Freitag. Am Montag verließ Genossin Josipa Adum, geborene Stambolija, mit ihrem minderjährigen Sohn Karlo Sarajevo. Man schickte ihr einen Haftbefehl hinterher, denn Murats Vater Salem, Kommunist schon vor dem Krieg und Partisan der ersten Stunde, verlangte ein Gerichtsverfahren und dass man den Jungen, der seinen Sohn getötet hatte, verurteilen und, wenn ihnen schon so daran gelegen war, dass sie Kroaten waren, ins Gefängnis für Minderjährige in Stoca oder Turopolje sperren sollte.

Professor Adum erinnerte sich nicht daran, wann er diese Reise angetreten hatte.

Er folgte den Kindern auf der Suche nach einem Taxistand bis zur Schule. Dort fragte er einen Vater, der seine Tochter, eine Erstklässlerin, zum Unterricht brachte, nach dem Taxistand.

Der sah ihn erstaunt an, begriff dann, dass der Mann nicht von hier war.

»Ach, heben Sie einfach den Arm, die halten dann schon. Das ist hier wie in New York.«

Ein ziemlich neuer Mercedes hielt, mit Ledersitzen und Klimaanlage. Der Fahrer war jung, er konnte kaum älter als zwanzig sein, und als der Professor nach der Klarissinnenanstalt fragte, wusste er damit nichts anzufangen. Er holte sein Handy heraus und rief die Auskunft an.

»Ein Altenheim, das ist ein Altenheim«, erklärte er.

Adum traute sich nicht, dem Taxifahrer zu widersprechen, obwohl die Klarissinnenanstalt unmöglich ein Altenheim sein konnte, sondern ließ ihn zu der Adresse fahren, die ihm die Auskunft durchgegeben hatte. Er machte sich ein wenig Sorgen, ob Doktor Sunarić in seinem Telegramm die Hausnummer verdreht hatte. Er wollte den Taxifahrer schon bitten, die Auskunft erneut anzurufen und nach der Nummer von Rechtsanwalt Jozo Sunarić zu fragen, aber er ließ es dann doch bleiben.

Die Klarissinnenanstalt befand sich in einer halbzerstörten Vorstadt im Süden von Sarajevo. Zwischen Hütten und mehrstöckigen Häusern, die nur bis in den zweiten Stock bewohnt waren, während die oberen Stockwerke leer standen, ausgebrannten und nicht wieder hergerichteten Betonplatten, zwischen denen der Himmel zu sehen war, befand sich ein ganz neues Glasgebäude, in allen Farben des Spektrums, und auf der marmornen Fassade stand die Inschrift:

CARITAS VRHBOSNISCHES ERZBISTUM, und darunter: KLARISSINNENANSTALT, HEIM FÜR ALTE, HILFLOSE UND BLINDE.

In der Portiersloge saß eine Nonne, die ihn fragte, wen er suche, woraufhin er sich verhedderte und sagte, er suche niemanden, sondern sei zufällig hier vorbeigekommen und wolle, wenn möglich, etwas überprüfen. Ob in diesem Heim wohl ein Tadija Melkior Adum gewohnt habe?

»Er hat hier gelebt und ist wie eine Kerze erloschen, der Herr sei ihm gnädig«, antwortete sie leise lächelnd, als rede sie von einem Kind, das mit Fingerfarben Gott gemalt hat und vor dem ganzen Kindergarten gelobt wird.

»Ich bin sein Neffe.«

»Oh, sehr angenehm«, die Nonne erhob sich von ihrem Stuhl, »und wie wird sich erst Doktor Sunarić freuen, jetzt seid ihr alle drei versammelt. Soll ich Sie zum Doktor bringen?«

Mit dem Aufzug fuhren sie in den ersten Stock und gingen durch einen langen, hellen Gang, auf dessen Boden hellblauer Teppichboden lag. Zu beiden Seiten waren gläserne, durchsichtige Wände und Glastüren, durch die man in die Zimmer gelangte, zwölf auf jeder Seite, in denen je vier Betten mit alten Menschen darin standen. Einige hingen an einer Infusion, hinter anderen stand ein Elektrokardiograf, aber die meisten lagen einfach da, ein Urinbeutel unter dem Bett befestigt, manche ganz nackt, graue Haut und leerer Blick.

»Doktor Sunarić ist im letzten Zimmer, wie der Blaubart aus dem Märchen«, versuchte sie ihn aufzuheitern. »Er ist allein, seit Ihr Onkel von uns gegangen ist.«

Jozo Sunarić lag auf dem Bett, das Kopfende schräg gestellt, vor sich ein Brett, auf dem ein Tintenfass und Papiere sowie ein dickes Buch lagen.

»Wir müssen warten, bis er fertig ist, der Doktor schätzt es nicht, wenn er mitten in der Arbeit unterbrochen wird«, sagte die Nonne und bot dem Professor einen Stuhl an.

Er setzte sich und betrachtete das Profil des Alten, seine Hakennase, den grauen Schnauzer, die knochigen Finger, die die Feder in das Tintenfass tunkten und schrieben. Er tat so, als bemerke er sie nicht. Nach einiger Zeit hörte er auf, wedelte das Papier, auf dem er geschrieben hatte, in der Luft, schloss das Tintenfass, reinigte die Feder, legte die Papiere in einen Aktendeckel und drehte den Kopf nach rechts, dorthin, wo hinter der Glaswand Professor Adum und die Nonne saßen. Er winkte ihm zu, als kenne man sich schon.

Das Zimmer roch nach Aceton.

»Keine Angst, ich lackiere mir nicht die Nägel, das ist der Geruch meines Todes. Aber das soll Sie nicht beunruhigen, Amico! Darf ich Sie so nennen? Wissen Sie, das erinnert mich an meine Zagreber und Wiener Zeit, 1928; als dieser unglückliche Radić noch lebte, haben wir vor der Buchhandlung Kugli gestanden und die jungen Damen beobachtet und das Leben, das mit ihnen vorüberzieht, mein Sarajever Kumpel Miloš Besarović. Wir waren achtzehn, das Leben lag vor uns, und er sagte damals: ›Siehst du, mein Jozo, wir stehen jetzt hier, die Sonne scheint, es ist Juli und wir werden uns bis zu unserem Tod daran erinnern, wie wir uns in Zagreb mit Amico anredeten. Das Leben ist kurz, Sarajevo verdorben und wir zwei werden uns nicht oft so unterhalten können, denn daheim würden sie uns als Schwule bezeichnen.‹ Ja, so ist das, Amico, ja so ist das, mein Karlo, was in Zagreb normal und üblich ist, gilt in Sarajevo als ekelhaft schwul. Deswegen möchte ich dir sagen, dass ich dich nicht nach Sarajevo gerufen hätte, du wirst es mir nicht verübeln, dass ich zum Du übergegangen bin, du bist ja im Vergleich zu mir ein Kind, allein dein Onkel wollte es so, mein lieber Zimmergenosse Tadija, bevor ihn die Seele durch die Nase verließ. Er wollte, dass ihr drei Verwandten euch bei der Testamentseröffnung trefft, weil ihr euch nie zuvor gesehen habt. Die anderen beiden sind vorgestern schon hier gewesen, einer ist aus Frankfurt mit dem Flugzeug gekommen, der andere aus Belgrad herbeigeeilt. Sie wollten schnell wissen, was ihnen ein Greis hinterlassen hat, den sie persönlich nie kennen gelernt haben, sicher haben sie ihn, Amico, längst für tot gehalten. Wer könnte auch annehmen, mein lieber Amico, dass einer mit über neunzig Jahren die Belagerung von Sarajevo überlebt? Nein, keine Angst, ich will dich damit nicht quälen. Wir haben sowieso nicht viel Zeit. Es riecht immer stärker nach Aceton! Damit schmeichelt mir Erzengel Gabriel, ich soll mich mit euch dreien beeilen und mich dahin begeben, wo alle jung sind. Sag mal, glaubst du, dass danach noch etwas kommt? Nein, sag besser nichts. Ich will von dir nicht enttäuscht sein. Weißt du, ich mag dich, weil du als

Letzter kommst. Dir hat es nicht im Hintern gekribbelt, an das Geld deines Onkels zu kommen. Er erzählte, er habe bei einem Streit deinem Vater den Daumen abgehackt und der habe ihm das nie verzeihen können. So ist der Mensch, sein Leben reduziert sich auf einen Daumen. Komm, bei Gott, setz dich zu mir und gib mir die Hand. Jozo Sunarić, Doktor der Rechte von der Universität Zagreb, weißt du, wessen Vor- und Nachnamen ich trage?«

»Ja«, sagte der Professor, »von einem, der spurlos verschwunden ist und davor Mitglied im obersten Führungsgremium der Ustascha war.«

»Er ist nicht verschwunden«, lachte Sunarić, »er hat sich vor seinen Häschern versteckt. Die anderen wussten immer, wo er war.«

»Und wo war er?«

»Wozu diese Frage?« Sunarić klang enttäuscht.

»Ich bin Geschichtsprofessor, es wäre schön zu wissen, was mit diesem Sunarić war.«

»Damit kriegst du mich nicht, der Mann hat keinerlei historische Bedeutung. An den soll sich keiner mehr erinnern. Also geh jetzt, schön dass du mich besucht hast, ich muss arbeiten, das Testament für euch vorbereiten und einige Sachen für mich erledigen, ich bezweifle, dass ich den nächsten Sonntag erleben werden; wenn du ein paar Tage bleibst, kannst du zu meiner Beerdigung kommen. Ich mache Witze! Besser, du gehst deiner Wege, nach Zagreb oder wohin auch immer. Die Testamentseröffnung setze ich für 17:30 Uhr an, für halb sechs. Komm ja nicht zu spät, Amico, das wäre unter diesen Umständen ziemlich unhöflich. Du kannst jetzt gehen.«

Die Nonne begleitete ihn bis zum Tor und reichte ihm die Hand. Das war für ihn etwas Besonderes. Zum ersten Mal im Leben gab er einer Nonne die Hand. Aus irgendeinem Grund erschien ihm das unanständig. Als hätte er die Frau eines Freundes zum Geburtstag auf den Mund geküsst.

Er kaufte eine Fahrkarte und setzte sich in den Bus Richtung Stadtzentrum.

Leute stiegen ein, an jeder Haltestelle wurde der Bus voller, der Professor saß auf seinem Platz, an die Scheibe gequetscht, während sich die Leute um ihn herum drängten, sich gegenseitig die Ellenbogen in die Rippen stießen und so für Lebensraum kämpften, als stünde der jüngste Tag bevor und als wäre jeder Seufzer wertvoller als Gold und Silber. Er versuchte, sie zu ignorieren, aus seinem Kopf den Gedanken zu verbannen, dass er nur einer von ihnen wäre, hätte er nur den Murat Zornić nicht so doll geschubst oder Murat ihn einen Moment lang für ebenbürtig gehalten und den Schlag erwartet.

Sein Leben lang hatte er nicht an Murat gedacht, und jetzt, gegen Ende, war er wieder da.

Er kehrte ins *Mauretanija* zurück. Der Volvo hatte auch im linken Vorderreifen die Luft verloren und hing so schief wie die *Titanic* kurz vor dem Untergang. Atila war nicht an der Rezeption, und der Professor rannte zur Treppe, um ihn nicht zu treffen. Das Zimmer war nicht abgeschlossen, obwohl er sicher war, dass er es beim Gehen abgeschlossen hatte. Er wühlte im Koffer und sah nach, aber es war alles an seinem Platz. In dem doppelten Boden lag die Schachtel mit den Patronen.

Er legte sich hin, wälzte sich auf dem Bett, hatte das Gefühl, keine Luft zu kriegen, öffnete deswegen das Fenster, hatte Angst, einzuschlafen und wieder den Traum von der letzten Nacht zu träumen. Unter dem Fenster spielte ein Junge Tennis. Er donnerte den Ball einmal an die Wand und auch ein zweites Mal, wenn der Ball in sein Feld fiel, das er exakt mit Kreide aufgemalt hatte. So schlug er wohl zehnmal den Ball an die Wand und die Wand gab ihn zurück. Der Junge übertrug das Match. Er spielte Ljubičić und Federer, die Wand war Federer und der absolute Favorit, und er war Ljubičić. Ljubičić war leicht erkältet und hatte zudem Probleme mit der Schulter, daher wurde erwartet, dass er das Match kampflos aufgab. Anfangs berichtete der Junge mit ruhiger Stimme, leise, damit er niemanden störte, damit keiner hörte, welche Dramen sich abgespielt hatten, damit ihn keiner auslachen würde, aber als Ljubičić den ersten Satz gewonnen hatte, wuchs die journalistische Aufregung, der Junge vergaß sich und die Welt, schrie und feuerte Ivan Ljubičić wie in Trance zum Durchhalten an.

Beim 4:1 im zweiten Satz war er außer sich:

»Der große Roger Federer liegt auf den Knien, und Ivan kämpft für sein Volk, seine Stadt, für die Ferhadjija, für Bosnien, für uns alle, er steht auf dem Gelände von Indian Wells kurz vor einem historischen Sieg. Ab heute wird nichts mehr sein wie früher. Aber neiiiiiin, Ivan, so ein Patzer, kannst du nicht noch ein bisschen durchhalten. Liebe Zuschauer, er hat Schmerzen in der Schulter, das sind übermenschliche Anstrengungen, das würde niemand aushalten, aber unser Ivan kämpft weiter, er hält durch, gegen den größten Tennisspieler der Welt, den schrecklichen Federer aus dem Land der Schokolade und der Präzisionsuhren. Was für eine Tragödie, liebe Zuschauer, ein weiterer verlorener Punkt, es ist nicht möglich, er stand so kurz vor dem Sieg, er war einen Aufschlag vom Triumph entfernt. Beten Sie, wenn Sie gläubig sind, beten Sie zu dem einen Gott, auf die drei bosnischen Weisen, dass der mutige junge Mann wieder Kraft und Konzentration bekommt. Aber neiiiiiin ...«

Der Junge hatte es offenbar der Wand überlassen, Punkte zu holen, er schmiss sich auf den Betonboden und humpelte vor der weißen Linie und schrie dabei, dass ihn die ganze Straße hören konnte, im Gebäude gegenüber kamen Leute ans Fenster, standen da und sahen zu, so wie der Professor zusah, wie hypnotisiert von dem, was sich vor ihren Augen abspielte. Ivan Ljubičić verlor am Ende gegen Roger Federer, der Junge gab dem unsichtbaren Gegner am Ende verzweifelt die Hand und ging weg, das Gesicht in die Hände gelegt, als würde er weinen. Vielleicht weinte er tatsächlich.

Der Professor hatte immer noch das Gefühl, keine

Luft zu bekommen, das Zimmer war sehr staubig, ihm war, als atmete er mit Kiemen. Er zog sich an und ging hinunter.

»Oh, Herr Hadum, wie ist Ihr Befinden? Haben Sie Medikamente genommen?«, Atila imitierte den Zagreber Slang und betonte das nicht vorhandene H, um zu zeigen, dass er die Bedeutung seines Nachnamens kannte.

»Wo gibt es hier ein Restaurant?«, fragte er ihn.

»Vis-à-vis, über die Straße, nächste Ecke links«, sagte Atila affektiert.

»Lassen Sie sich nicht ärgern, einfach die Straße hinunter, da finden Sie schon ein Restaurant«, rief er dem Professor nach.

Das Restaurant hieß *Kleine Küche* und hatte genau drei Tische. Er bestellte ein Steak, blutig, zwei junge Köche hofierten ihm, er war der einzige Gast. Sie fragten nicht viel, und dem Professor war nicht nach Reden, er kaute und sah zu, wie sich das Blut im Teller ausbreitete und die Blumenkohlröschen immer mehr aus dem Kopf geschossenen Gehirnen kleiner Soldaten an der Front bei Verdun ähnelten.

Nach dem Essen fühlte er sich besser. Da dachte er, dass er besser nicht wartete, bis es halb sechs war und er Sunarić die Zeit bis zum Sterben verkürzte, besser, er setzte sich gleich in den Volvo und fuhr nach Zagreb. Hätte er keinen Platten gehabt, er hätte es vielleicht getan.

Zu Fuß lief er ins Stadtzentrum, durch Marijin Dvor,

am Higijenski Zavod vorbei und die Titova Ulica entlang. Es war ein sonniger Tag, der Altweibersommer begann, die schönste, tragischste Zeit des Jahres, in der jeder schöne Tag der letzte sein kann. Diese letzten Tage können bis Ende Oktober anhalten, 1970 dauerten sie, wie er sich erinnerte, bis zum fünfzehnten November, aber das ändert nichts an dem Eindruck, dass jeder Tag der letzte ist und man ihn in diesem Bewusstsein verbringen sollte. Wenn der Altweibersommer ein Leben lang währte, würden alle Menschen an Gott glauben.

Er erkannte den Durchgang wieder, in dem Mona Grazia gewesen war. Er ging hinein, wollte sehen, was jetzt dort war und stand vor einem verglasten Kafić. Es war dasselbe Gebäude, ein vierstöckiger, grauer Bau aus österreichisch-ungarischer Zeit mit grünen Rollläden an den Fenstern. Der Professor stand mitten im Hof und schaute, ob sich hinter den Fenstern etwas bewegte. Aber es war keiner da. Das ist oft so bei Altbauten im Stadtzentrum. Entweder wohnt dort keiner mehr und die Wohnungen werden als Rechtsanwalts- oder Notariatskanzleien genutzt, oder die Leute wohnen schon so lange dort, dass sie nicht mehr ans Fenster gehen.

An diesem Ort war nichts Sentimentales. Nicht einmal, wenn er Mona Grazia noch vorgefunden hätte, so wie der Salon 1944 gewesen war, hätte er in das Schaufenster geschaut, nicht Mama Cica sehen wollen, wie sie Oberst Martini die Beinlänge misst, die Nase um Haaresbreite vom Schritt des Oberst entfernt, und Karlo in schwarzer Uniform, wie er von einem Ende des Ladens zum anderen marschiert und in einem Phantasie-Italienisch das Lied vom Duce singt. Auch an dieser Reise war nichts sentimental, sie war nur voller hässlicher Erinnerungen, Druck auf der Brust und Angst um die Pistole.

Er setzte sich in das Café gegenüber der Kathedrale.

Auf der Steintreppe saßen Mittelschüler, Jungen und Mädchen, und lachten. Keiner ging hinein oder kam heraus. Er trank Stock, um sich zu zerstreuen und klarer im Kopf zu werden, und wettete mit sich selbst, dass er so lange schauen werde, bis die Tür der Kathedrale aufging. Wenn das nicht eintraf, würde etwas Schlimmes passieren. Die böse Phantasie verriet ihm nicht, was, aber die Drohung war unausgesprochen da.

Er bestellte noch einen Stock.

Und noch einen.

Die Schüler standen auf und gingen.

Auf die Steintreppe setzte sich ein junger Mann mit kurzem roten Bart und sah nervös auf die Uhr, holte sein Handy heraus, telefonierte, und das Ganze ein Dutzend Mal.

Er bestellte noch einen Stock, aber die Tür zur Kathedrale blieb zu.

Er hörte das Martinshorn der Feuerwehr, das Geräusch schnell fahrender Lastwagen, gleichzeitig eine Touristengruppe, eine kleine Herde überwiegend alter Menschen mit rötlichem Teint und hellen Haaren, die vor der Kathedrale stehen blieben.

Der Führer hatte einen Stab, an dessen Spitze eine

Tafel mit der Ziffer 3 befestigt war, er stieg die Treppe hinauf und fing an, der Gruppe etwas zu erklären. Professor Adum spitzte die Ohren, bekam aber nicht genug mit, um die Sprache zu erkennen. Die Türen zur Kathedrale öffneten sich immer noch nicht.

Der Führer redete lange, schwenkte seinen Stecken und deutete damit auf dies und das, und der Professor nahm an, dass es sich um Teilnehmer einer katholischen Expedition handeln musste, die Sarajevo besuchten, nachdem sie sich mit ihren Sarkomen, Melanomen, Angina pectoris und porösen Hirnschlagadern von der Muttergottes von Međugorje alle Angst hatten nehmen lassen und in Frieden in ihre Heimat zurückgezogen waren, um dort im Sinn eines baldigen Wiedersehens möglichst bald zu sterben. Wer außer Katholiken würde schon so viel Zeit vor einer einzigen, im Wesentlichen uninteressanten und künstlerisch wertlosen Kirche verbringen, die auf die Schnelle unter der österreichisch-ungarischen Besatzung gebaut worden war, eine Art geistiger Kaserne eher für die Okkupationskräfte denn für das unglückliche Volk, das mit den Besatzern den Glauben teilte. Später wurde die Kirche ein Beweis der religiösen, nationalen und kulturellen Toleranz, zunächst der serbischen Karađorđes, dann der Kommunisten, um während der vier glorreichen Jahre von Pavelić Pontifikat erneut das zu sein, was sie unter Franz Josef gewesen war. Auch heute ist die Kathedrale ein Beweis für die muslimische Toleranz, die wie jede Toleranz am Balkan eine subtile Form der Verachtung gegenüber allen ist, die in der Minderheit geblieben sind. Der Gedanke gefiel ihm, er wollte ihn sich merken.

Dann ging der Führer auf die Tür der Kathedrale zu, und die Herde hetzte hinter ihm her. Er drückte die Klinke, schlug mit der Hand an das dicke Glas, sah sich nach einer Klingel um, und der Professor bekam Angst, dass er seinen Schwur nicht einlösen könnte, dass ihm tatsächlich etwas Schlimmes passieren würde. Aber die Tür ging auf, die Herde strömte in den Tempel wie Öl durch einen Trichter in die Flasche, und der Professor rief den Kellner wegen der Rechnung.

Auf der Baščaršija setzte er sich in ein Taxi, einen alten, verrosteten Passat. Am Steuer saß ein schrecklich dicker und ebenso geschwätziger Mann mit einem Schnurrbart wie General Đuro Dečak.

»Sie sind nicht von hier?«

»Nein.«

»Ich höre das sofort. Ich erkenne nicht nur die Fremden, ich kann auch die Kunden aus der Innenstadt von denen aus Alipaša, Vratnik oder Bistrik unterscheiden. Das sind Stadtteile von Sarajevo, Viertel, wir sagen Mahala dazu«, schwafelte er, während der Professor lächelte und schwieg. »Man hört genau, ob jemand vom Mejtaš oder aus Bjelave kommt, und von Mejtaš nach Bjelave gehen Sie zehn Minuten zu Fuß, zweihundert Meter Luftlinie, aber die Leute reden anders. Ist das bei Ihnen auch so?«

»Keine Ahnung, ich kann das nicht auseinanderhalten.«

»Sind Sie aus Slawonien?«

»Nein, aus Zagreb.«

»Nein, unmöglich, Sie müssen Slawonen in der Familie haben«, der Taxifahrer war enttäuscht, er suchte den Fehler, wie der Mittelstürmer einen Knubbel im Gras dafür verantwortlich macht, dass er den Ball über das Tor geschossen hat.

»In meiner Familie gibt es keine Slawonen. Nur der Nachbar im Erdgeschoss kommt von da.«

»Sicher verstehen Sie sich gut mit diesem Nachbar, wir sagen dazu Komšija. Ich mache Witze. Sie sagen, Sie sind aus Zagreb. Zagreb ist schön, ich hatte dort einen Freund vom Militär, er wohnte im Trešnjevac und hieß Rastko Milovanović. Kennen Sie ihn zufällig? Zagreb ist groß, aber vielleicht kennen Sie ihn per Zufall. Vor dem Krieg habe ich ihn besucht, die Straße hieß Rade Končara, gibt es im Trešnjevac eine Straße mit diesem Namen? Er war gut zu mir. Als meine Frau zweiundneunzig umkam, wissen Sie, bei einem Granatenbeschuss, und das Telefon ging noch, da hat er mir fünfhundert Mark aus Zagreb geschickt. Das war viel Geld damals. Mach dir keine Sorgen, Salko, hat er zu mir gesagt, du kannst es mir nach dem Krieg zurückzahlen. Dann waren die Verbindungen unterbrochen, ich war auf allen Seiten, habe zugesehen, dass ich überlebe, vier Kinder hat mir meine Mira hinterlassen, ich muss sie groß kriegen, ernähren, vor den Granaten schützen, und ehrlich gesagt wäre ich, auch wenn ich ein funktionierendes Telefon gefunden hätte, nicht auf die Idee gekommen, Kamerad Rastko anzurufen und zu fragen, wie's ihm geht. Heute tut mir das leid. Für ihn waren fünfhundert Mark auch viel Geld. Aber fünfundneunzig, als das Telefon wieder ging, habe ich seine Nummer als Erste gewählt. Da meldet sich eine Frau, ich sage, ich will Rastko Milovanović sprechen, meinen Kameraden, und die Nutte sagt wie aus der Pistole geschossen, hier wohnen keine Tschetniks mehr! Ich sag Ihnen was, entschuldigen Sie, Sie sind Kroate, aber die Ustascha-Nutte soll der Teufel holen.«

»Ja, es gibt komische Leute.«

»Ganz genau, das haben Sie gut gesagt. Aber wissen Sie was, kein Scherz, jetzt höre ich, dass Sie aus Zagreb sind. Meine Güte, Slawonien, man hört den weichen, feinen Klang, ein bisschen näselnd, wie wenn Mirko Novosel redet. Mich kann keiner täuschen. Also siebenundneunzig habe ich am Flughafen gestanden, und da stieg dieser Schriftsteller ein, der jetzt bei uns lebt. Setzt sich und ich frage ihn, na, wieder in der Heimat? Wie geht's in Zagreb? Macht's Tuđman noch lange, der soll doch krank sein? Ich mach alles, damit er redet. Dabei waren wir noch nicht mal losgefahren. Sage ich, ich weiß, wo ich dich hinfahren soll, nach Mejtaš fahre ich dich. Woher weißt du das?, fragt er. Kumpel, Salko weiß alles, Salko hat ein gutes Ohr, Salko hat Geige gespielt im Volksensemble, bis der Zeigefinger steif wurde. Schau ihn dir an, er ist immer noch steif! Mann, ich war ein Geiger, Menuhin war nichts gegen mich.«

»Menuhin war gut«, bestätigte der Professor.

»Natürlich war der gut, ich habe ihn siebenundsiebzig im Đuro-Đaković-Saal gehört. Jude, Russe, und im Herzen ein Zigeuner. Spielt natürlich Klassik, aber man hört, dass er morgen bei uns im Volksensemble anfangen könnte. Solche Leute gibt's nicht mehr.«

»Das haben Sie gut gesagt, das glaube ich auch.«

»Das ist alles den Bach runtergegangen, mein Herr. Der Nordpol schmilzt, das Packeis schwimmt weg, es gibt keinen Schnee mehr und keinen Winter. Die Kinder können nicht mehr Schlitten fahren. Und die Leute fragen nur noch, wer welchen Glauben hat und welcher Nationalität angehört, aber nicht, was das für ein Mensch ist. Schauen Sie, Sie sind Kroate, ich Bosniake, was brauchen wir mehr.«

»Ich bin kein Kroate.«

»Gut, Sie leben dort. Irgendwas sind Sie.«

»Stimmt«, seufzte der Professor.

Dieselbe Nonne empfing ihn. Sie sagte, Doktor Sunarić gehe es nicht gut, er habe sich sehr aufgeregt, denn die Herren Mihailo Adum und Petar Ivančan hätten abgesagt, das Testament interessiere sie nicht, sie haben den alten Herrn angeschrien. Dass sie sich nicht vor Gott und den Menschen schämen!

Jozo Sunarić saß auf seinem Bett mit dem aufgestellten Kopfteil und Kissen im Rücken. Auf dem Brett, das er gewöhnlich zum Schreiben nutzte, lag eine weiße Tischdecke mit roten Stickereien. Auf der Tischdecke lag ein großes, versiegeltes Kuvert. Gegenüber dem Bett standen drei schwarze Ledersessel, ein Tischchen mit drei Gläsern und einem Krug Wasser. In einem Kristallkörbchen, das aus einer alten Aussteuer zu stammen schien, lagen Schokoladenstückchen.

Er gab dem Anwalt die Hand und setzte sich.

Der Alte brach das Siegel und öffnete mit einem echten deutschen Offiziersdolch das Kuvert. Der Professor betrachtete das Messer, das in Zagreber Antiquariaten einen guten Preis erzielt hätte. Während Jozo Sunarić mit zittriger Stimme das Testament seines langjährigen Freundes verlas, dem der Professor nicht sehr aufmerksam zuhörte, sondern sich seinen Gedanken über den deutschen Dolch und Jozo Sunarićs Acetonseele überließ, denn ihn stieß das Pathos von Tadija Melkior Adum ab, der in seiner Ansprache an die drei Neffen einräumte, er habe sie seit ihrer Kindheit nicht mehr und Mihailo noch nie gesehen, um dann all die gefühlsbeladenen Bewertungen anzuführen, mit denen Eltern während der sonntäglichen Mittagessen ihre eigenen Kinder empfangen und begleiten. Der Professor wollte keines dieser Worte an sich heranlassen, er ließ sie an sich abgleiten und beobachtete, wie sich Sunarić quälte, erheblich schlechter aussah als am Morgen und sehr schlecht Luft bekam, es war, als würde er sich mit jedem gelesenen Wort mehr und mehr auflösen und verschwinden.

Der Professor hegte keinerlei Hoffnung, ein Vermögen zu erben. Noch bevor er die Nummer gewählt hatte, die der Rechtsanwalt in seinem Telegramm nannte, noch bevor er wusste, was es mit der Klarissinnenanstalt auf sich hatte, während er nach Sarajevo fuhr, an der Ausfahrt nach Plehan, als ihm im Traum die Leute in Franziskanerhabit erschienen waren, wusste Professor Adum, dass es kein Erbe gab, er fühlte sich wie ein Hochstapler und Verräter, denn er hatte den getäuscht, der jetzt, schief wie die *Titanic*, vor dem Hotel *Mauretanija* stand. Mit der Zeit hatte er die Angst verloren, es könnte eine Falle sein, dass ihn jemand entführen wolle, aber seine Verfehlung, dass er sich zu dieser Reise hatte verführen lassen, wurde dadurch nicht geringer.

Kalt lauschte er den letzten Worten von Tadija Melkior Adums Testament:

»Meine gesamten Ersparnisse, die in der Züricher Bank unter Kontonummer 345231112, Chiffre Freelander, liegen und 120000 Schweizer Franken zuzüglich der seit 1987 nicht beigeschriebenen Zinsen betragen, sollen zu gleichen Teilen unter Mihailo Adum, Petar Ivančan und Karlo Adum aufgeteilt werden, oder auf jene der drei genannten, die zur Verlesung des Testaments erschienen sind, während Abwesende ausgenommen sind. Geistig gesund, kurz vor der Begegnung mit meinem Herrn, vertraue ich diese Blätter (insgesamt 7 Seiten, in Buchstaben sieben, durchnummeriert auf jedem Blatt) Rechtsanwalt Doktor Jozo Sunarić an, beglaubigt in der Schweizer Botschaft in Sarajevo. Unterzeichnet mit den Initialen TMA.«

Der Greis ließ das letzte Blatt sinken, unterschrieb an der vorgesehenen Stelle und wies zur Tür.

»Sie können gehen, ich bin fertig. Seien Sie nicht

böse, Sie haben noch nicht einmal Ihren Saft getrunken.«

Der Professor nahm den Aktendeckel mit den Dokumenten und verabschiedete sich von dem Rechtsanwalt, aber der sah ihn nicht mehr an und antwortete nicht. Die Nonne begleitete ihn zum Ausgang. Sie wünschte ihm viel Glück, gab ihm aber nicht die Hand.

Er stand am Rand der Straße, die in die Stadt führte, und wartete auf ein Taxi. Neben der Straße standen einstöckige Einfamilienhäuser aus den siebziger Jahren. Vor jedem Haus war ein Garten. Manche hatten Salat und Tomaten angepflanzt, in anderen standen Rosen, und vor einigen Häusern wuchsen Unkraut und Gras, wucherten verwilderte Fliederbüsche, halb vertrockneter Efeu und vernachlässigte Kletterrosen. In diesen Häusern lebten wohl unglückliche Menschen, dachte er, Menschen, die im Krieg den Sohn, den Bruder oder den Verstand verloren hatten und sich dann aufgaben. Zum ersten Mal dachte er an solche Menschen, zum ersten Mal an den Krieg in Sarajevo. Wenn er noch lebte, musste Murats Vater Salem heute über neunzig Jahre alt sein.

Lange fuhr kein einziges Auto auf der Straße, also auch kein Taxi, und der Professor vertrieb sich die Zeit mit Gedanken an die Menschen in den weißen Häusern hinter den Gärten mit asymmetrischen Dächern und Fassaden, die an ein kubistisches Frauenporträt erinnerten. Ähnliche Siedlungen waren damals in ganz Jugoslawien gebaut worden, Häuschen, die den Arbeitern jener

›222‹

besseren Fabriken zugeteilt wurden, nach denen die Siedlungen benannt wurden. Das könnte die Peiton-Siedlung sein. So hieß in jener Zeit das Glück.

Er war hundemüde, der alte Professor Karlo Adum, während er einsam an der Straße stand, die in die Stadt führte, neben Häusern, in denen kein Licht eingeschaltet wurde, als sei der Strom ausgefallen, und winkte mit der freien Hand einem roten Golf.

Der Taxifahrer war ein knochiger, verbrauchter Mann, nicht übermäßig gesprächig. Er rauchte und aschte aus dem Fenster. Hatte er eine Zigarette aufgeraucht, zündete er sich die nächste an.

»Ich weiß, dass es mir nicht guttut«, sagte er und hielt dem Professor die Schachtel hin.

Kaum hatte er sich eine angezündet und den ersten Rauch inhaliert, bereute er es. Er bekam immer weniger Luft. Als würde sich die Atmosphäre zusammenziehen, als hätten Lungenfans, die von einem Fußballspiel zurückkamen, die ganze Luft weggeatmet. Es waren Hunderte, sie spazierten an der Miljacka, schwenkten Fahnen und sangen Fanlieder. Sie strömten auf die Fahrbahn, die Straßenbahn klingelte, um sie zu vertreiben, und der Taxifahrer sagte:

»Das war ein großer Sieg!«

Aber der Professor hielt seine Zigarette und führte sie an den Mund, als würde er rauchen, denn es war ihm unangenehm, eine geschenkte Zigarette sofort wieder auszudrücken. Er konnte nicht reden, war dem Taxifahrer dankbar für seine Schweigsamkeit und rauchte, als wolle er sich umbringen, indem er die eigene Seele mitsamt dem Rauch einsog.

Bevor sie das *Mauretanija* erreichten, steckte der Taxifahrer die dritte Zigarette an.

Die Scheibe an der Fahrertür des Volvos war eingeschlagen. Der Einbrecher hatte das völlig wertlose Autoradio herausgerissen und das Handschuhfach durchwühlt. Aus dem Armaturenbrett ragten Drähte, der Sitz war voller Glassplitter, und auf dem Boden lagen Karamellbonbons. Er öffnete den Kofferraum und stellte fest, dass der Wagenheber, der Werkzeugkasten und Ivankas alter Regenmantel geklaut waren. Was wollte jemand mit einem alten Regenmantel?

Atila saß hinterm Tresen und las Zeitung. Auf der Nase hatte er eine lächerliche Brille, ein weibisch rosarotes Gestell in Schmetterlingsform.

»Ach, Sie sind es, lieber Hadum! Ich darf Sie doch so nennen? Sie sind in Sarajevo geboren, da wissen Sie ja um die Wärme zwischenmenschlicher Beziehungen.«

»An meinem Auto wurde die Scheibe eingeschlagen.«

»Nicht möglich! Das soll vor unserem Hotel passiert sein? Ich fasse es nicht. Soll ich die Polizei rufen, damit sie das aufnimmt?«

Adum antwortete nicht, sondern ging zur Treppe und in sein Zimmer. Die Stufen waren mindestens doppelt so hoch wie heute Morgen, ihm ging die Puste aus, während er nach oben stieg, er betrachtete seine Schuhspitzen, als würde das beim Hochklettern helfen, und konnte sich beim besten Willen nicht daran erinnern, ob ihm die Stufen schon mal aufgefallen waren oder ob er stets, ohne sie zu sehen, hoch- und runtergegangen war. Es waren hässliche, unbearbeitete Betonstufen wie in einem unfertigen Neubau. Der Professor stieg sie hoch und tröstete sich, dass ihm das Treppensteigen schon immer schwergefallen sei und er nur noch nie darüber nachgedacht hatte, erst jetzt denke er darüber nach. Es war schwül, er war weit weg von zu Hause, hatte einen schweren Tag hinter sich, es war wohl normal, dass es einem dann schwerer fällt als sonst.

»Und Ihre Grippe, was ist mit Ihrer Grippe?«, rief Atila von unten, »passen Sie auf, dass sie nicht die Lunge befällt. In Ihrem Alter ist das schnell passiert und dann wird zum Halali geblasen und Sie sitzen im Express zum Paradies. Passen Sie auf, mein Herr, obwohl es auch nicht schlecht wäre, wenn Sie sicher unter dem Kreuz in Sarajevo begraben werden. In Zagreb beschweren sie sich ja schon, dass es in Sarajevo keine Kreuze mehr gibt, mit Ihrem Beispiel würden Sie zum Bestehen der kroatischen Nation in Bosnien beitragen.«

Der Professor konnte sich nicht umdrehen, er konnte dem Rezeptionisten nicht antworten, ihm nicht mit einer Anzeige drohen, denn er rang um Luft und versuchte zu koordinieren, worüber er früher nie nachgedacht hatte: Den Fuß auf die nächste Stufe heben und dabei einatmen und ausatmen. Komisch, dass ihm das nie aufgefallen war, dabei war es keine kleine Sache, keine kleine Gabe, auf der Treppe ein Gleichgewicht zwischen Fuß und Lunge zu finden.

Wie Jan Vennegoor of Hesselink, der in der sechzehnten Minute den Ball ins spanische Tor köpft.

Professor Adum saß spät in der Nacht vor dem Fernseher und wartete, dass der Reporter in Eurosport den Namen aussprach: Jan Vennegoor of Hesselink. Ihm fielen die Augen zu, er schlief in seinem Sessel und wurde von dem Geschrei im Stadion wach, aber er ließ nicht locker. Dieser Name, so ungewöhnlich wie der Burenkrieg und die nepalesische Flagge, waren sein Nachtgebet. Wenn er den hörte, konnte er ruhig und zufrieden schlafen gehen.

Atemlos erklomm er die letzte Stufe.

Er schnaufte, während er sein Zimmer aufschloss. Schau, schau, heute hatten sie seine Sachen nicht durchwühlt. Er öffnete das Fenster und sog die kalte Abendluft ein. Da schien ihm alles in bester Ordnung zu sein, also hatte ihn grundlos die Panik erfasst, es gibt solche Tage, wichtig ist nur, dass man sich beruhigt und sammelt. Er schaute hinunter in den betonierten Hof, in dem sich das historische Match zwischen Ljubičić und Federer abspielte, das Ljubičić verlieren musste, denn ohne Niederlage kein Opfer. Sobald sie anfangen zu gewinnen, Menschen wie Völker, sind sie keine Opfer mehr. Dann wird das Leben erst schwer.

Er dachte, dass er wieder klar denke. Er sollte einen Leserbrief schreiben. In seinem Alter war das eine Art Gehirnjogging.

Er holte die Pistole aus der Tasche und legte sie aufs Bett, neben den Aktendeckel mit Tadijas Testament. Er stand da und betrachtete die beiden Gegenstände auf der hässlichen Synthetikdecke, ein Vorkriegsprodukt von Vuteks aus Vukovar, und fand, das wäre ein guter Anfang für einen Thriller. Schade, dass solche Filme nicht mehr gedreht werden.

Er legte sich angezogen aufs Bett.

Es war noch zu früh, um schlafen zu gehen, es war noch nicht einmal halb neun. Er wollte sich ein wenig ausruhen und dann noch einmal hinaus, um etwas zu essen. Er nahm die Blätter aus dem Aktendeckel, las den Schluss des Testaments noch einmal durch. Zürich-Bank, Kontonummer 345231112, Chiffre Freelander. Wer denkt sich so eine Chiffre aus? Der Kunde oder die Bank? Tadija Melkior Adum hatte seit Ende 1986 die Zinsen nicht mehr beischreiben lassen, also hatte er seither auch die Chiffre nicht mehr geändert. Hatte es damals schon den Freelander gegeben, den Landrover, oder stand der Name erst später auf den Hinterteilen der Automobile, die den Professor im Volvo überholten?

Er war sicher, dass es den Freelander 1986 noch nicht gegeben hatte, und überlegte, wie Tadijas Chiffre aus dem Nichts, aus leeren Worten entstanden war. In Zürich, Genf oder Bern, in Graz, Wien oder Salzburg, wo er ein Konto eröffnete, hatten sie einen Greis aus einem unbekannten Land vor sich, aus einer Stadt, die nur bekannt war, weil ein österreichisch-ungarischer Prinz dort ermordet worden war, und die jenseits dieser Information nicht existiert, es gibt sie nicht, und sie lebt nicht, so wenig wie die Städtchen in Polen, der Bukovina, Rumänien, Bulgarien, Transsilvanien, die sich Isaac Bashevis Singer und Gregor von Rezzori ausgedacht und dann ausführlich beschrieben haben. Während er das Konto eröffnete, war Tadija Melkior Adum für die Bankangestellten wie die Figur aus einem Märchen. Hätten sie gewusst, dass er seinem eigenen Bruder den Daumen abgehackt hatte, wären sie davon überzeugt gewesen, dass er nur im Märchen vorkam. Er sprach ein wunderliches, angestaubtes Deutsch, wie Karlos Vater, eine Sprache, in der Hochzeitszeremonien, Offiziersbälle und Begräbnisse bewahrt waren, die Verlesung von Verlautbarungen über Belobigungen und Auszeichnungen, vergeben von Franz Josef dem Ersten, einer Sprache, mit der die Gerichtsdiener in den Ostprovinzen der österreichisch-ungarischen Monarchie sprachen, aber auch die Polizisten in den Erinnerungen von Stefan Zweig. Dieser Greis gehörte zu keinem realen Land, und die Zeit, in der er gelebt hatte, war an seinen Bankzeiten vorbeigelaufen, in seinen Reisepapieren standen imaginäre Angaben über Heimat und nationale Zugehörigkeit, die Anamnese von Staaten, die in Kürze verschwinden. Deswegen war er für sie ein Freelander, ein Staatenloser in statu nascendi, einen, den es nicht mehr geben wird, ein Mann aus einem freien Land, ein Landstreicher ohne gültige Papiere, einer ohne Wurzeln ...

Professor Adum schlief und träumte von der Straße mit den blinden Fenstern und sich selbst im Sarg. Er

träumte seine Angst vor Atila, der im Traum nicht vorkam. Mit weit aufgerissenen Augen und halb offenem Mund wartete der tote Professor, dass Atila einträfe. Er merkte nicht, dass eine schmale eisige Schlange in seinen Mund und die Kehle hinunterkroch …

Sein Herz klopfte, im Kopf pulsierte ein starker Schmerz. Er wusste nicht, was los war, ob er noch träumte und in seinem Traum wieder lebendig wurde oder ob er wach war und der Boden in seinem Zimmer vom Dröhnen der Pauken und dem Schmettern von Trompeten bebte. Es war, als würde Mahlers Symphonie in Serbien Richtung Albanien und Makedonien abgespielt, damit sie sich mit örtlichen Noten und Sitten anfüllt; blecherne Töne dröhnten vom Erdgeschoss hinauf in den Himmel und hoben Professor Karlo Adum von seinem Bett.

Er sah auf die Uhr, noch eine halbe Stunde bis Mitternacht.

Er vergaß die Pistole auf dem Kopfkissen und ging hinunter, um Atila endlich die Meinung zu geigen. Er schlug die Tür hinter sich zu, aber der Knall war nicht zu hören, denn von unten drang ein wilder, schneller Rhythmus herauf, der jedes andere Geräusch schluckte. Er rannte die Treppe hinunter, überraschend leichtfüßig, und schrie Atila an, der an seinem Tresen die Zeitung las. Atila lachte ihn aus und fachte seinen Zorn nur weiter an. Der Professor dachte sich immer schlimmere, schrecklichere Flüche aus: Die tote Mutter, den toten Vater verfluchte er, die drei Schwestern, den Bru-

der – Bürger Jozef Antal und die neun Monate alte Tochter des Bruders! Du biederst dich den Muslimen an, brüllte er Atila an, du bist Serbe, worauf der vor Lachen keine Luft mehr bekam, erst rot wurde und dann blau anlief, als ersticke er an einem Bissen Brot, und Karlo Adum spürte, wie seine Wut über ihn hinauswuchs und sich zur Gänze in einen verkrampften Zorn verwandelte, der seine Hände, Füße und Eingeweide, Kopf und Augen zusammenzog.

Und sein Herz blieb stehen, weil dem Kopf keine Beleidigungen mehr einfielen.

Er wachte auf, rang nach Luft, hatte Schmerzen in der Brust, im Brustkorb, als würde der von pneumatischen Hämmern zerbrochen und zerbröselt. Er bekam keinen Ton heraus, konnte nicht aufstehen. Er hielt sich an der Pistole fest und kroch Richtung Zimmertür. Irgendwie gelang es ihm, sie zu öffnen, dann versuchte er erneut zu schreien, aber aus seiner Lunge drang nur ein krankhaftes Zischen. Das erschöpfte ihn total.

Vielleicht vergingen fünf Minuten, vielleicht fünf Stunden oder fünf Jahre, während er durch den Gang kroch. Holzsplitter bohrten sich unter Nägel und in die Handflächen, aber es tat nicht weh. Wenn er es schaffte, einzuatmen, roch er den starken Geruch nach Staub, Ruß, DDT und Wanzen, nach Balibegovica čikma 3, vis-à-vis Bäckerei Behdžet, und nicht einmal jetzt, dachte er, ist Mama Cica da, um mir zu helfen, in Opatija ist sie, spaziert am Meer entlang mit Major Stefanović, und ihn überschwemmte Trauer, größer als jeder Zorn, und er

hätte geweint, wenn in seiner Lunge noch Luft für Weinen gewesen wäre.

Er presste die Pistole an sich und sah die Betonstufen hinunter.

Professor Karlo Adum sammelt Kraft für diese eine, lebensentscheidende Bewegung. Dann wirft er die Pistole die Treppe hinunter. Man hört das Metall auf den Beton schlagen, dann scheppert sie weiter und springt bis zum Ende der Treppe. Laut ist dieses Geräusch, die Leute werden es bestimmt hören. Professor Karlo Adum ist glücklich, er glaubt, dass Rettung naht.